KB037328

★
사건은 법이다

사건은 법이다
이영애 지음

초판 인쇄 | 2011년 06월 10일
초판 발행 | 2011년 06월 15일

지은이 | 이영애
펴낸이 | 신현운
펴는곳 | 연인M&B
기 획 | 여인화
디자인 | 이수영 이희정
마케팅 | 박재수 박한동
등 록 | 2000년 3월 7일 제2-3037호
주 소 | 143-874 서울특별시 광진구 자양동 680-25호(2층)
전 화 | (02)455-3987 팩스 | (02)3437-5975
홈주소 | www.yeoninmb.co.kr
이메일 | yeonin7@hanmail.net

값 14,000원

ⓒ 이영애 2011 Printed in Korea

ISBN 978-89-6253-096-4 03810

미국 초기 유학생 및 이민자를 위한 필독서

사건은 ★ 법이다

이영애 지음

연인M&B

40여 년 미국 생활에 부동산(Realty) 매매업자의 사기, 변호사들의 무책임과 속임수, 집세(Lent Fee)가 자주 늦을 때, 부도(Bounce)를 자주 낼 때, 빌린 돈 문제, 못 받은 물건 값 등 이런 많은 사건들이 위법이라 필자는 14년 전부터 Small Court를 찾았었는데 이곳을 이용하는 한국 분은 거의 없었습니다. 2010년에도 역시 이곳을 찾는 사람이 적어서 도움이 될까 하는 마음에 충분치는 못하지만 잘 활용이 되었으면 해서 이 책을 쓰게 되었습니다. 많은 도움이 되었으면 감사하겠습니다.

일찍이 우리는 로마에 가면 로마법을 익혀야 한다는 것을 배웠습니다. 하나에서 열까지가 법입니다. 미국의 캘리포니아 한 주가 우리 한국보다 크다 했습니다. 미국 전체 51주를 통치하려면 엄한 법이 필요하리라 생각합니다. 물론 그 법은 절대적으로 지켜야 하니까요.

이 책을 통해서 미국에 정착한 지 얼마 되지 않은 분들과 미국 유학과 이민을 준비하는 모든 분들에게 조금이나마 도움이 되었으면 합니다. 고맙습니다.

2011년 6월

이영애

| 차례 |

제2부 지켜야 할 여러 법률과 사건 설명

제3부 국고에 손댈 수 없다

제4부 내 조국 Korea

제1부
소비자 고발 센터

소비자 고발 Center

영수증만 있으면 한 달이나 1년이 지나서 바꾸러 가면 바꾸어 준다. 대형 DEPART에선 몇 년 지나 쓰던 Foundation 가지고 가서 바꾸어 오기도 하고 입었던 옷 들고 가서 바꾸기도 Return도 시킨다.

"억울한 일 당했을 때"

이곳에 호소하세요

여기에 소개하는 전화번호를 손닿기 쉬운 곳에 보관했다가 억울한 일을 당했을 때 도움을 받을수 있다.
▲California Department of Consumer Affairs (800) 952 - 5210
정보도 직접 받을수 있고 다른 곳 추천도 받을수 있는 곳이다. 서비스업에 대해 면허증도 발급하고 규정도 정하는 곳이다.

소비자 고발센터 핫라인

▲California State Office of Information (213) 897 - 9900 또는 (916) 322 - 9900
소비자의 상황에 따라 어느 부서에 도움을 요청해야할지를 안내한다.
▲Consumer Protection Section, Office of the City Attorney (213) 485 - 4515
로스앤젤레스 내에서 법을 의도적으로 위반했다고 믿어질 때 전화를 걸수 있다. 가장 흔한 케이스는 자동차 판매 사기, 사기광고, 크레딧 사기 등이다.

▲California Department of Real Estate (213) 897 – 3399

에이전트나 브로커와 관련해 문제가 발생했을 때 접수하는 곳으로 남가주지역 전역에 해당된다.

▲Disabled American Veterans (310) 477 – 2539

본인이 장애인이나 회원이 아니더라도 원호청과 문제가 있을 때에는 여기에 전화를 걸수 있다.

▲Federal Information Center (800) 688 – 9889

연방 에이전시와의 사무에서 빚어진 문제를 어디에서 어떻게 풀어야할지를 알려준다.

▲Federal Trade Commission (310) 235 – 4000

주정부에서 관할할수 있는 한계선을 넘은 상품에 대해서 소비자를 보호한다. 텔레마키팅 사기나 허위광고의 희생자도 여기에 호소할수 있다.

▲Food and Drug Administration (714) 798 – 7600

캔음식이나 드러그 등에서 뭔가 이상한 느낌이 들 때에 여기에 연락한다. 남가주 어디에서나 해당되는 번호다. ▲Los Angeles City office Information

(213) 485 – 2121

시 사무국 어디에 연락해야할지 모를 때 안내해준다.

▲Los Angeles County Department of Consumer Affairs (213) 974 – 1452

상품이나 서비스에 불만이 있을 때 해결해준다.

▲Los Angeles County Office Information (213) 974 – 1234

갖고 있는 문제에 대해 어느 카운티 오피스에서 도와줄수 있을지를 24시간 안내해준다. 어린이 학대나 긴급히 주거지가 필요할 때도 여기에 연락하면 된다.

▲Social Security Information (800) 772 – 1213

소셜 시큐리티 사무실까지 가지 않더라도 일을 해결할수 있는 번호다. 전화가 통화중일 때가 많은데 그럴 때는 연방 정보 센터인 (800) 688 – 9889로 하면 된다.

▲Small Claims Court Advisor Service (213) 974 – 9759

스몰 클레임 코트는 생각보다 제소하기가 아주 쉽다. 상황에 따른 안내를 자세하게 받을수 있다.

미국엔 여러 종류의 법정이 있다

① Small Claim Court : 소액청구 소송법정

  100~7,500달러까지 소송이 가능합니다.

  Bounce check, Rent Fee 물건 값 사기, 그 외 여러 가지

  110 North Grand Ave LA. CA 90012

  #425(Small Claim) Form을

② Civil Court 25,000달러까지

  110 S Grand Ave LA CA 90012 지하 #112

  TEL (213) 974-5181

  #5번 창구 Civil 소송 Form을 삽니다. 1달러

③ #3번 창구는 Record

  소송 재판 때 재판과정 기록 서류를 Copy해 받아 보는 곳입니다.

  재판 과정이 의심스러우면 청구해 살펴보시길 매수에 따라

  Charge합니다.

  * Pamphlet이 있으니 가져와서 살펴보세요.

  이용방법이 있습니다.

④ Consumer Affair는 변호사

  법적인 문제 그 외 여러 가지 문제가 있을 때 찾아가 물어보세요.

· 부동산 문제(사기)

· 각종 Fraud Case

· 차 사기 여러 문제

· 보험 사기

· 의사 사기 : 수술이 잘못되었을 때

· Bounce check 문제

· LandLord와의 문제

COUNTY OF LOS ANGELES
DEPARTMENT OF CONSUMER AFFAIRS
500 W. Temple St., Room B-96
Los Angeles, CA 90012

For more information call:

1-800-593-8222
Inside Los Angeles County

213-9 4-1452, 9759
Outside the County

TTY: 213-626-0913
For the hearing impaired

Visit us online:
lacountydca.info

Branch Locations & Hours

Van Nuys   **Mondays**
14340 Sylvan Street   8:30 am – 12:00 pm
Van Nuys, CA   1:00 pm – 4:30 pm
91411

East Los Angeles   **Mon. Wed. Fri.**
4801 E. 3rd St.   8:30 am – 12:00 pm
Los Angeles, CA   1:00 am – 4:30 pm
90022

South Bay   **Thursdays**
825 Maple Street   8:30 am – 12:00 pm
Torrance, CA. 90503   1:00 pm – 4:30 pm

Inglewood   **Tuesdays**
One Regent Street   8:30 am – 12:00 pm
Inglewood, CA   1:00 am – 4:30 pm
90301

Burbank   **Tuesdays**
300 East Olive   8:00 am – 11:30 am
Room 225
Burbank, CA 91502

Glendale   **Tuesdays**
600 East Broadway   1:00 pm – 4:30 pm
Room 227

Glendale, CA 91206

⑤ Superior Court : 고등법원

　Municipal Court : 하급 법원이 있었는데 합병되어 고등법으로 되었습니다.(이곳에서 패소했을 때 : 30일 이내에 항소해야 합니다.
변호사에게 의뢰해야 합니다)

⑥ Limited Jurisdiction : 사법권과 재판
#112에 5번 창구입니다.
전화 (213) 974-5181로 문의하세요.

⑦ 항소 법원(Court Of Appeal)
만약에 억울하게 패소했다면 신청하세요.
· 서류 준비 미비로
· 설명 불충분 서류 정리로
· 판사가 잘못 이해하든가 독선적으로 잘못 판결을 내릴 수 있었다면

* 제일 중요한 것은 항소 법원(Court Of Appeal : 공소 상고) 신청하면 판사는 기존에 판결한 것을 모두 다 취소해 버리고 새 판결을 내리게 된다 합니다.
항소했으면 모든 서류 증거 일체, 말 준비 등 잘해야 할 것입니다.
항소 법원에선 판사 3명이 결정을 내리게 된다 합니다.

* 우선 무료 법률상담을 받아 보세요.
만약에 항소법원에서도 경과가 만족하지 못하면 Consumer Affair와 무료법률 상담소에도 가 보세요.

* California The Supreme Court(가주 대법원)에 항소합니다.
그곳에 판사가 9명으로 구성되어 있다 합니다.
(증빙서류, 설명 명확도, 보증인 등 그 외)

소액청구 소송법정(Small Claim Court) 이용

110 North Grand Ave LA CA 90012

#425(Small Claim)이라 적혀 있습니다.

Counter 가서 Form을 받는다.(처음이면 몇 장 받으세요)

소액 재판인데 100~7,500달러까지입니다.

Rent Fee Check Bounce(싸인 꼭 받으셔야 합니다. 주소 전화번호 등) 밀리고, 안 주고, 물건 값도 안 주면 Court로 가시면 해결됩니다.

＊8,000달러 빌려 준 돈

지난해 살인사건(남자 셋) 신문에서 보셨죠?

Small Court에 갔으면 찾아다니지도 언쟁도 하지 않았을 텐데……

생활고에 허덕이고 Rent비 못내 쫓겨나게 되었다면 누구나 자기 할 일 다하고, 갚지 않으면 화나게 되어 있다고 생각이 듭니다.

8,000달러에서 일부만 주었어도……?

이렇게 돈 빌려 줄 땐 수표 받으세요. 갚기 편하게 2매나 3매로… 갚을 날짜 기재하고 약속한 날에 안 주면 일단은 미안해도 Bank에 Deposit하세요. 부도(Bounce) 난 수표 들고 있어야 시간이 지났어도 받기가 쉽습니다. "어떻게 가까운 사이인데 수표를 받아?"라고 생각하면 빌려 주지 말고 그냥 주세요. 받을 맘이면 수표에 날짜까지 받으셔야 합니다.

이분이 이렇게 상처받을 때 Small Claim을 알았더라면 대형 참사는 일어나지 않았을 것입니다.

여러 가지 보험 문제 차량사고, 작은 보잘것없는 문제라면 이곳 Small Claim Office에 가서 물어보고 Pamphlet 가져다 읽어 보세요.

나한테 해당되는지 읽어 보시고, 그래도 해결책이 안 나오면 Consumer Affair에 가셔서 상담하시고 여러 가지 Pamphlet들이 있으니 가져다 읽어 보세요.

Claim Form을 집에 가져가서 간단명료하게 정리하시고, 받을 돈 기재하시고 서류나 Bounce된 수표(Check) 받지 못한 수표나 Form Fill Up했으면 각각 2~3매씩 Copy해 가지고 Office로 가시면 Court Fee를 받고 누가 Delivery 하나 물어보면 Sheriff가 하겠다 하시면 1매는 당신에게 1매는 Sheriff Office #525 Office 가져갈 시류를 줍니다.

---

sheriff's Department

County Courthouse Room 525

110 North Grand Avenue

Los Angeles, CA 90012

Sheriff Depart 가면 서류가 있어서 Fill Up해 가져오라 합니다. 자신 없으면 몇 장 집으로 가지고 가 써 가지고 다음 날에 신청하고 Sheriff Fee 역시 받습니다.

'고소' 신청한 액수에 따라 그 Fee가 다릅니다.

승소하면 sue한 금액 + court Fee + Sheriff Fee 다 받습니다. 그 외 기타 경비도…

Court 시간은 8:30 AM과 1:30 PM이 있습니다.

Court 건너편 Parking lot은 20달러이나 조금 먼 거리는 5달러도 있습니다.

3~4Weeks 지나면 상대에게 Delivery되었다는 편지가 옵니다.

재판 날 서로 내용을 보여 주고 받고 하는 시간을 줍니다. 또한 합의를 원하면 합의하는 것은 본인의 선택입니다. 합의를 원할 때 몇 월 며칠에 주겠다고 싸인받으십시오. 싸인받았어도 몇 달씩 늦게 주니까 재판하는 게 편리할 것입니다.

고소당한 사람은 웬만해서 돈을 갚으시는 것이 Credit 점수가 차감되지 않습니다.

중요합니다.

만약 Orang County 있는 사람을 Sue했으면 LA County에서 재판받게 다 하셔야 합니다. 아니면 Orang County 법원으로 가야 합니다.

이는 타주에서 접수해도 California Court에 접수되고 LA법원에서 재판받게 됩니다.

특히 Small Claim은 LA court에서 재판받겠다고 해야 합니다.

큰 Case는 연방법원(Federal Government)에 해당되니까 그곳으로 가서 재판받는다 합니다.

소액재판(Small Claim)의 방법

① 변호사 없이 재판할 수 있습니다.

100~7,500달러가 한도액입니다.

만약 1만 달러 받아야 하는데 7,500달러 Claim하고 나머지 2,500달러는 나중에 다시 Claim하는 것은 위법입니다.

2,500달러는 포기하셔야 합니다.

그 외 적은 숫자는 전부 Small Court로 갑니다. 그러니까 7,500달러 내서 7,500달러일 때는 변호사를 대동해도 된다 합니다.

통역관은 시간당 100달러라 하는데 확인해 보세요. 번역할 때는 사전에 물어보시고 법정가 번역은 25줄에 25달러 정도 한다고 합니다. 그 값이 천차만별이니까 확인해 보신 후 진행하세요.

② Sheriff Fee는 피고(Defendant)가 법적으로 지불(支佛)한다 합니다.

③ 소액재판에도 2,500달러는 일 년에 두 번 할 수 있고 금액에 한정가도 있다는 설명이죠.

④ 소액은 일 년에 12Case까지 한다고 거의가 Rent Fee가 많은 것 같습니다.

   * Small Court에서 손해배상청구는 안 됩니다.

⑤ 보증인은 고소할 때는 최고 4,000달러까지 할 수 있다고 합니다.

⑥ 증인 필요시 같이 대동하며 완벽한 서류 확보 재판 시간이 아주 짧으니까 간단 명료한 설명 서류와 영어 번역 공증받으면 편하겠습니다.

⑦ 소액재판에서 졌을 때 '항소' 할 수 있습니다.

⑧ '항소' 해서 또 졌다면 고등법원에 항소할 수 있습니다. 절차는 복잡하고 어렵다 합니다.

⑨ 사기당했을 때도 신청하면 됩니다.

⑩ Sheriff를 이용하세요. 전달하는 고소 서류를 일반인이 전하면 Prove가 없어서 받지 못했다고도 할 수 있습니다. 싸인을 꼭 받아야 합니다. Sheriff가 전달했는데 재판장에 나오지 않은 Defendant는 자동으로 패합니다. 자동으로 승소가 되겠죠.

⑪ 관선 변호사 Consumer Affair에 있습니다.

Los Angeles Superior Court

Don't wait in line...
File your Small Claims online!

Initial filings of Small Claims are now accepted on the Court's web site.

Simply visit **http://www.lasuperiorcourt.org**, click on the ***e-File Small Claims*** link and follow the on-screen instructions to file your claim. In addition to the regular filing fees, you must pay a non-refundable e-Filing Service Provider Fee of $10.00 for each claim.

---

e-Filing is EASY! A simple self-help question and answer program will guide you through the initial filing process.

Just follow these simple steps:

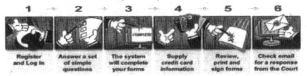

1	2	3	4	5	6
Register and Log In	Answer a set of simple questions	The system will complete your forms	Supply credit card information	Review, print and sign forms	Check email for a response from the Court

This e-filing web site will:

>> Prepare the necessary documents
>> Provide online help to frequently asked questions
>> Handle fee payment with a major credit card
>> Email you confirmations and allow you to check
   for filing status

Housing Department

3550 Wilshire BLVD 15th Floor

LA, CA 90010

Tenant와 Landlord의 부정행위 Complain하십시오.

· Landlord가 심하든가
· Manager의 억지든가
· 여러 가지 Apt 내서 부당 대우나 고쳐 주지 않을 때
· Housing Department에 Complain하십시오.

Civil Case는 25,000달러

Form이 너무 많아 추천할 수가 없습니다.
고소 사건도 가지 각색이니까요.

110 N GRAND

#112(지하 Elevator 이용)

1. Copies

2. Form Sale's

5 Civil 창구

Small Claim에서 승소했는데 갚지 않으면
─즉, 재판에 지고도 돈 갚을 생각하지 않으면

Writ Of Execution(차압집행영장) 신청도 역시 Small Claim #425에서, 신청 Form을 Fill Up하여 신청하십시오.

Writ Of Execution 서류를 Sheriff에 전달하세요. #525 Small Court 형식과 같습니다.

Debtor's Examination(채무자 조사)를 신청하여 대질 심문으로 Information의 모든 것을 물어보세요. 법적으로 위증하지 않는다는 선서까지 하고 질문 들어갑니다. 선서하고도 속입니다.

꼭 필요한 것

① Social Number(Card 보고 적으세요)

Credit가 나쁜 사람은 Social No를 주지 않으려고 합니다. 경험했습니다.

아니면? 도망갔는데 찾지 못하고 있습니다.

Social Number가 없으니까 부부 것을 받으십시오. 아들이 성인이면 같이 받으세요.

② 재산이나 부동산 가지고 있는지 물어보세요.

③ 집주소, 전화번호, Cell Phon번호, 가게나 직장의 주소와 번호 등 적으세요.

④ Bank 이름, Account No, 역시 부부의 것, Saving 유무 있으면 Account No 역시 부부의 것

⑤ Safety Box No

Wite Execution이란 서류를 Sheriff Office #525에 가져다 주면 어떤 방식으로 재판받기를 원하느냐 물어봅니다. 액수가 크면…

또한 직접 해 보겠다 하면 Court 날짜와 시간이 나옵니다.
그 자리에서 받든가 언제까지 주겠다는 Promise Note를 받습니다. 그런데 갚지 않으면?

Sheriff Office에 신청하시면 모든 경비 Sheriff Fee까지 재판에서 이긴 금액과 같이 받아 줍니다. Sheriff는 가게에 하루 종일 있다가 수입된 돈 전부 걷어 온다든가, 여러 가지 방법으로 받아 줍니다.
일단 법적으로 지면 갚는 것이 상책입니다. Credit가 정말 나빠지고 결국 갚아야 하니까요.
이런 것을 Sheriff Keeper라 합니다.
대행료는 Sheriff Office에서 책정하게 됩니다. 이것까지 갚아야 하니까 모든 경비까지 내야 한다는 것입니다.
Small Court에서 지는 Case이면 고소당했을 때 Court까지 가지 마시라는 설명입니다.
Credit와 만약에 House를 산다면 Loan 내는데 지장이 있다 합니다.

⑥ Credit 회사에 Report된다 합니다.

⑦ Small Court 소장을 받으셨으면 돈 갚을 사람에게 즉시 갚고

Court Office에 가서 갚았다는 신청서를 내셔야 합니다.

⑧ 액수가 크면 정부에서 운영하는 Correct Agency에 의뢰하시든가 연락이 옵니다.

Sheriff Office 신청하면, 경비일체 다 포함해서 받아 줍니다. 도망 간 사람에게 Agency 이용할 줄 몰라 다 잃어버렸습니다.

개인 Agency는 40%~50% 주고, 받아 준다고 연락도 옵니다.

본인들이 현명하게 판단하세요.

소액 가지고 변호사 찾아야 경비로도 안 되고, 미국에선 받으러 찾아다닐 수도 없는 상황입니다.

⑨ 차가 있는지도 확인하세요.(차 종류도 함께)

⑩ 차압도 된다는 것

Writ Of Execution : 차압 서류 접수되면 Abstract Of Judgement 라 합니다. 법적 용어입니다.

⑪ 궐석재판(Default) 신청서

Request Of Entry Of Default

⑫ Unlawful Detainer : 위법 구속영장

민사소송 중 가장 빨리 진행되는 퇴거명령소송입니다. Eviction Case죠.

Eviction해서 내보내고 2년 안에 다시 소송으로 돈 받을 수 있습니다. 거의가 Tenant가 돈이 없어 못 주는 것이 아니라 고의적으로 안 주고 이사 가든가, 도망가든가, 트집잡든가 여러 가지가 있습니다. 재차 Small Court에 갈 수 있습니다.

세입자 위한 한국어 핫라인

LA법률보조재단

퇴거·차별 등 도와

▷주택법 전문 한국어 핫라인: (213)640-3814, 강두형 담당자, 일반 한국어 핫라인: (323)801-7987

불법행위는 이곳에 고발하세요.

LA시 주택국 (866)557-RENT, 인터넷 http://cris.lacity.org/cris/informationcenter/code/index.htm

〈김연신 기자〉

13. LANDLORD'S RIGHT OF ENTRY: LANDLORD may enter and inspect the premises during normal business hours and upon reasonable advance notice of at least 24 hours to TENANT. LANDLORD is permitted to make all alterations, repairs and maintenance that in LANDLORD'S judgment is necessary to perform. In addition LANDLORD has all right to enter pursuant to Civil Code Section 1954. If the work performed requires that TENANT temporarily vacate the unit, then TENANT shall vacate for this temporary period upon being served a 7 days notice by LANDLORD. TENANT agrees that in such event that TENANT will be solely compensated by a corresponding reduction in rent for those many days that TENANT was temporarily displaced. No other compensation shall be affored to the TENANT. If the work to be performed requires the cooperation of TENANT to perform certain tasks, then those tasks shall be performed upon serving 24 hours written notice by LANDLORD. (EXAMPLE -removing food items from cabinets so that the unit may be sprayed for pests)

14. REPAIRS BY LANDLORD: Where a repair is the responsibility of the LANDLORD, TENANT must notify

양심 불량 세입자 중앙일보에 제보되었던 사건

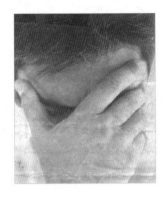

양심 불량 Tenant가 있나 하면 양심 불량 Landlord도 있습니다.
상호 간 법을 잘 몰라서입니다.

① Rent Fee 안 내고
② Rent Fee 항상 늦게 내고
③ Rent Fee Bounce 내고
이렇게 하면 Small Claim Court로

끔찍한 Landlord 잘났다고 거드름 피우는 그런 주인이면 Housing Depart에 고발하세요.

① 망가졌다 해도 안 고쳐 주는 주인
② 물이 새는데도 안 고쳐 주는 주인
③ 카쿠르치, 개미, 곰팡이가 있다고 해도 나 몰라라 하는 Owner 등을 고발하세요.

앞페이지 전화번호 참고하세요.

집주인 참고사항

① 몰래 도망가고

② 유리 깨고 그냥 나가고

③ Carpet 담배로 태우고

④ 물 흘리고 닦지 않아 나무 마루가 썩었을 때

⑤ 이사할 때 큰 물건 장, 냉장고 등 그냥 방치하고 나갔을 때

⑥ Wall Demage : Paint 문제

⑦ 일부러 망가트리고 부서 놓았을 때

⑧ 이사한다는 Notice도 늦게 알려 주고, Last Month Rent Fee 안 주고
　 이사 나갔을 때 등

⑨ 망가진 Blind

이러한 것들을 고치면서 영수증 반드시 받아 놓아야 합니다.

　7년 정도 살았으면 Paint, Carpet, Window, Blind 값은 받을 수 없습니다.

　7년 살았다면 고칠 곳이 있나 없나 살펴보고 세입자에게 물어보고 고쳐 주거나 갈아 주어야 합니다.

　그 외 손해가 많거나, 액수가 크면 Small Court로 가면 됩니다.

　싸우고 화내 봐야 해결이 안 됩니다.

　그래서 이 정부에선 Small Claim Court가 있는 겁니다.

　신문 사건에 연속입니다.

청소는 3년간 살면서 한 번도 하지 않은 것 같았다. 여러 곳에 망가지고, 깨지고…

Ex) 마루 찬장 수리비	1,800달러
Paint	1,500달러
집안청소비	1,000달러
합	4,300달러

〈3/19/2009 일자 신문 중에서〉

걱정 마세요.

Small Court로 가세요.

정확한 영수증이 Bounce Check, Rent Fee 밀린 것 등… 그 외 영수증이 필요하고 얼마간 Small Claim하시면 됩니다.

싸우지 마세요.

Landlord와 Tenant와의 합의됩니다.

Manager와 Tenant의 합의하시면 됩니다.

법이 Landlord 편들어 주는 것은 Rent Fee 안 냈으면 100% 승소합니다.

APT에 벌레와 유독성 Paint

6th Street Union Ave 있는 57 Units APT입니다.

Tenant가 유독싱 Paint, 벌레가 나온다고 Complain했는데도 외면했나 봅니다.

Tenant가 Complain했을 때 즉시 약 뿌렸어야 하는데 Owner가 돈 없다는 이유로 무시했던 2007년 사건입니다.

Housing Depart에 Complain했을 겁니다.

57 Units 전원이 Complain했다고 합니다.

Inner City Law Center의 변호사가 담당해서 330만 달러 배상금 받기로 하고 승소했습니다.

① Program Administration(무료상담)

   1162 Crenshaw BLOV (323) 801-7991

   단점은 한 달에 한 번 하는 것입니다. 둘째 주 화요일 6:00 PM

② 1550 W 897 St (213) 640-3881

   Regal Office(명세민)

비슷한 사건이면 찾아가 보세요.

Lease 전에 이사 원하신다면

Lease는 일 년입니다. 일 년 전에 이사 가려면 APT Rent 직접 해야 합니다. 아니면 Deposit Money 받아 가지 못합니다. Landlord 책임 없습니다.

손해 안 보려거든 Rent될 때까지 Rent Fee는 내야 합니다.

이런 사건이 있었습니다.

한 달 살고 이사 가는 사람에게 입주할 사이 있으면 Landlord 이름으로 받아 주라 했는데 이 Tenant는 Landlord OOO 이름으로 Check를 써야 하는데 Tenant끼리 짜고 해 먹은 일도 있었습니다. 서로 받아 쓰고, 주고 했던 것입니다.

세 든 사람이 Landlord에게 준 집세를 서로 번갈아 가며 썼다는 것은 횡령이 되겠지요.

중국의 학자 임어당의 말을 빌리면 '아는 것과 모르는 것은 종이 한 장 차이' 랍니다.

갚지 않았으면 횡령인데 갚았으니…

도둑맞은 TENANT

유리창이 깨졌으니 고쳐 달라고 Landlord에게 몇 번 부탁했다는데 깨진 유리창으로 도둑이 들어와 보석을 가져갔습니다.

그래서 이사하겠으니 Deposit 돈 달라 했는데 Landlord는 정말 미국 법을 모르는 것인가요?

Deposit는 못 내준다 했답니다. 신문상 설명이 있었습니다.

Landlord(Manager)의 이런 행동은 언쟁, Complain할 사건이 아닙니다. Housing Deport에 Complain하세요.

> 3550 Wilshire BLOV #1500
> Rent Hotlive 866-557-7368
> FAX) (213) 252-1422

찾아가든가 전화하시고 영어 못한다 하면 통역하는 사람을 바꿔 줍니다.

LA 주택국(LAHD)

4년마다 APT 내부와 외부를 점검하여 검사하면 수리할 것과 Paint, Demage, 창문 등 점검에 지적당하면 고치고, 수리해야 합니다. 고치고 수리할 시일을 주고 다시 점검하는데 불상사가 생긴 APT가 있다는 것은 이해가 안 됩니다.

세입자를 위해 한국어 전화가 있습니다.

(213) 640-3814
(323) 801-7989

Housing Depart는 즉시 해결됩니다.

TENANT에게 Notice

APT를 수리해야 할 때는 24시간 전에 Notice를 주세요. 모든 것에 주택국 사람이 들어간 때도 사전에 Notice 주고 양해를 구하고 있습니다.

newspaper any portion thereof.

11. **Inspection/Entry:** Owner may enter and inspect the Premises, during business hours and upon reasonable advance notice to Renter with or without Renter's presence, for any lawful purpose. Owner may enter the Premises without advance notice to Renter in case of an emergency. Renter shall not add or change any lock, locking device, bolt or latch on the Premises and Renter acknowledges that Owner is entitled to a key to the Premises and may use the same for entry, as provided herein. In the event Owner permits Renter to change door locks, Renter, at Renter's own expense, shall provide Owner with two complete sets of duplicate keys thereto.

12. **Obligations of a Resident:** Renter, and all other persons in or about the Premises with Owner's permission, shall comply with all Obligations of a Resident made by Owner, from time to time, and served upon Renter. Any such Obligations of a Resident shall be deemed incorporated herein by reference. Owner shall not be obligated to enforce any such Obligations of a Resident, or the terms of any other Agreement, and Owner shall not be liable to Renter for any violation of such Obligations of a Resident, or Agreement, as the case may be, by any other occupant or person.

13. **Insurance:** Owner shall not insure Renter for any personal injury or property damage including that caused by the act or omission of any other occupant or third party, or by any criminal act or activity, war, insurrection, fire or act of God. Renter shall obtain and pay for any insurance coverage that Renter deems necessary to protect from any loss or expense that may be caused by such person or events.

14. **Compliance With Laws:** Renter shall not violate any law, nor commit or permit any waste or nuisance in or about the Premises, nor in any way annoy any other occupants of the real property on which the Premises are located, nor operate any business in or on the Premises, nor do or keep anything in or about the Premises or real property that will obstruct the public spaces available to other occupants.

15. **Notice of Termination/Change of Terms:** The tenancy may be terminated, subject to Renter's liability for unpaid rent under paragraph 4 hereof, upon the expiration of 30 days following the services by one party on the other of a written notice setting forth the intention of such party to terminate the tenancy. Any condition of the tenancy shall be deemed changed upon the expiration of 30 days following the service by Renter on Renter of a written notice setting forth the change in such condition.

16. **Waiver of Default:** Owner's failure to require strict compliance with the conditions of this Agreement, or to exercise any right provided for herein, shall not be deemed a waiver by Owner of such condition or right. Owner's acceptance of rent with knowledge of any default hereunder by Renter, shall not be deemed a waiver of such default, nor limit Owner's rights with respect to that, or any subsequent, default.

17. **Surrender of Premises and Personal Property:** The Premises, and all of Renter's personal property located therein or stored on Owner's real property, shall be deemed surrendered to Owner by Renter if: (1) after a default by Renter in the payment of any rent for 14 consecutive days, and (2) after the expiration of 3 days from the service on Renter of a notice to pay rent or quit, which notice may be served at any time during said 14-day period, and then (3) after the expiration of an additional 18 days after the mailing to Renter by regular mail a Notice of Belief of Abandonment. Renter appears to have vacated the Premises and neither cures said default nor advises Owner in writing of his intent to remain in possession and of an address where Renter may be served with an unlawful detainer complaint by certified mail. Upon such surrender, Landlord may re-enter and re-take possession of the Premises and store Renter's personal property. If after receipt of Notice of Right to Reclaim Abandoned Property (Apartment Association form 18 RC), Renter fails to pick up said personal property, Owner will dispose of said personal property in accordance with Civil Code Section 1988.

18. **Attorney's Fees:** If any legal action or proceeding be brought by either party to enforce any part of this Agreement, the prevailing party shall recover, in addition to all other relief, reasonable costs, including attorney's fees, whether or not the action proceeds to judgment.

19. **Designation of Parties:** "Owner" includes Owner and Manager, Agent or Employee, acting as manager personnel, and "Renter" includes all persons designated as such, or as Occupant in this Agreement, without respect to number or gender.

20. **Partial Invalidity:** If any provision of this Agreement is held to be invalid, such invalidity shall not affect the validity or enforceability of any other provisions of this Agreement.

21. **Fumigation:** If the Owner must vacate the Premises for pest or vermin control, Renter agrees to temporarily vacate the Premises, as requested, for that period necessary to complete the fumigation upon reasonable written notice. Renter agrees to comply with all instructions and requirements of the fumigation company in regard to the preparation of the Premises at no expense to the Owner. Such preparation shall include but not be limited to bagging of food and other perishables.

여러 가지 법적 규칙

① 30일 전에 이사한다고 서면 통보(Notice)해야 합니다. 주거법입니다.

② 2010년 새 법안은 하원 법안 AB 1169엔 일 년 이상 산 Tenant는 30~60일 전에 Notice입니다.

③ Rent Fee 제때 안 내고 밀리면 Landlord나 Manager는 30Day's Notice를 Tenant에게 줍니다. 법적으로 Eviction시키겠다는 뜻입니다. 해서 이사 나가지 않으려면 5일 안에 밀린 Rent Fee 다 내야 합니다. 안 내면 법정으로 2009. OCT. 그레이 데이비스 주지사도 SB 1403에도 Notice입니다.

   Tenant가 불법행위했을 때, Rent Fee 잘 안 내고, Bounce 내고, 소란 불법행위, 개가 많이 짖을 때 경찰에 신고합니다.

④ 집 팔려고 할 때도 Notice를 Tenant에게 해 주어야 합니다.

⑤ Last Deposit는 이사하고 나서 Clean Fee, Demage Fee, Carpet Fee, 깨진 유리와 Blind 등 공제하고 이사한 Tenant에게 보내 주어야 합니다. 3주~4주 내에 이런 것이 Last Deposit의 용도입니다.

⑥ 30일 전 이사하겠단 Notice와 그 달 사는 Rent Fee는 내야 합니다. 이 문제는 Landlord와 Tenant의 분쟁이 됩니다.

⑦ Rent 안 내고 Clean Fee, Demage Fee가 많을 때 청구해도 주지 않으면 Small Claim Court로 가시든가?

⑧ 7년 살면 Paint Fee, Carpet Fee는 받지 못합니다.

TENANT와 LANDLORD의 서면 작성

Tenant가 입주해 보면 마음에 안 드는 것도 있고, 필요한 것도 많겠죠? 하지만 고치고 싶고 Paint 색도 고치고 싶은 것도 있겠으나 일단은 Landlord에게 물어보는 것이 상책입니다. 임의로 할 수 없는 것이 부동산 법이니까요.

상호 구두론 하지 마시길 바랍니다. 한국식으로?… 내 맘같이? 그게? 법으로 진행되면 입증할 것이 있는 쪽이 승소하게 되니까요. 구어로 OK했던 Landlord는 패소할 수도 있겠습니다.

＊신문상에 나왔던 사건들입니다.

한국분이 House를 Rent했었는데 Tenant가 페리오(Patio)가 없는데 우리가 만들어 쓰겠다며 경비 일체를 책임지겠다고 하여 OK했답니다. 그들의 대화는 추측해 보십시오. 언약이었겠죠?

페리오를 만들어 사용했답니다. Tenant는 이사해야겠다며 페리오 만든 경비를 달라고 했답니다. 집주인은 당황스러웠겠죠?

Paper 작성해서 받았어야 했고 서로가 자기네가 재료를 사다가 하겠다고 해 놓고 정말 오리발 내놓은 격입니다.

Tenant는 재료를 산 영수증도 있겠고 하니, 무엇으로 입증할 수 있겠냐며 주인에게 물어보았습니다.

집주인은 울며 겨자 먹기로 Pay했습니다.

이럴 때는 Tenant에게 Paper 작성해서 달라 하시는 것이 원칙입니다.

퇴거(EVICTION) 법적 규정

Episode 1

여러 가지가 있겠습니다. 앞에서 말했듯이 나쁜 Tenant가 있는가 하면 나쁜 Landlord가 있습니다.

그래서 부동산법에 따라야 합니다. 절대적으로 서류 작성해서 주고 받아야 한다는 것 잊지 마세요. '소 잃고 외양간 고친다' 는 속담도 있듯이 퇴거 이유가 많겠죠.

① 내 아들, 딸, 친인척, 주인, 본인 등 방이 필요하니 이사 나가라 계약 기간 중 할 수가 없습니다.
계약은 12Month인데 넘으면 Monthly로 됩니다. 미국 APT면 일 년에 한 번씩 새 Lease 싸인합니다.

② 이 APT를 Condo로 바꾸려니 이사 나가 주세요. 쫓겨난 사람을 신문에서 보았습니다.

③ 수리해야 하니까 이사 나가세요. 죄송합니다. 이외 여러 가지 이유가 있습니다.

그냥 이사 내보내지 못하는 부동산법이 있습니다. 이사 비용 법적으로 정해져 있으니까 이사 비용 청구하세요. 일단은 Lease Paper가 있으니까 재 Lease 싸인 다시 하는 것 나쁘게 생각지 마세요.

여기엔 60세 이상과, 12살 미만, 장애인 등 입주되어 있을 땐 세대당 5,000달러가 이사 비용이라 했습니다.

어떤 Tenant는 8,000달러 받고 더 달라 청했었는데 Tenant나 주인은 부동산법을 서로 모르니까… 이런 Happening도 있고, 부동산법을 몰라서 그냥 쫓겨나는 사람이 많습니다.

  * 2007년에 8,000달러로 이사 비용이 법적으로 변경되었습니다.

Owner가 제일 Power가 Strong할 때는 Tenant가 무단 Rent Fee 안 내면 법정은 이유 불문하고 Owner 편들어 승소한다는 것입니다.
Tenant는 Eviction 한 번 들어가면 방 얻기가 어렵답니다.
Credit 점수가 나빠지게 됩니다.

Episode 2

① Rent Fee(임대료) 내지 않을 때

② 항상 늦게 낼 때

③ Bounce 내고도 Pay하지 않을 때

④ 임대 규정 위반시

⑤ 공해, 음악, 노래, 언쟁 그 외 1,000Fit 이내까지 소음이 들려 옆방, 앞집에서 Complain이 있을 때 Complain을 구두로 받았을 때와 Paper 작성되어 받았을 때와는 물증이 되니 효과가 틀립니다.

⑥ Lease Paper에 싸인하고 강아지를 몰래 기를 때 강아지가 마구 짖어 댈 때도 Police Report합니다. Landlord가 어쩔 수 없으니 Police에 Report합니다.

⑦ 아이 돌보아 주는(Baby sit) 것을 몰래하든가 License가 없어도 안 되고 APT Lease 계약에 없을 때 Lease Paper에 싸인 거부할 때도

⑧ 계약 기간(일 년 Lease)이 끝나서 재계약할 때 Lease Paper에 싸인 거부할 때도 조건이 됩니다.

⑨ Bank Loan할 때 팔기 위해서(24시간 전에 Notice해야 합니다) 무조건 거부하면 그런 것도 Eviction 조건이 됩니다.

⑩ Notice 없이 방에 들어와 검사하려면 거부할 수 있습니다. 24시간 js에 Notice받으면 보여 줘야 합니다.

⑪ Landlord 몰래 부모, 형제, 친구 등 입주시켜 같이 살면 위법입니다. 1인당 100달러 추가됩니다.

⑫ 실수든 고의든 건물 부셨을 때 책임져야 합니다.
* 정부의 필요에 의해서 비워야 할 때 건물 전체가 될 것입니다. 주민 발의안 '98' 과 연관됩니다.

⑬ 일 년 지나면 Month to Month가 됩니다. 재계약을 서류에 싸인 받든가 새 Lease Paper에 싸인받습니다. 거부할 수 없습니다.

⑭ Lease 계약시 Rent Fee 내는 법정 기일은 1~5일인데 넘으면 Penalty가 적용됩니다. 안 내면 퇴거도 될 수 있습니다. 늦고 Bounce 자주 내고 하면 퇴거도 취한다 했습니다.

이사 보조금(Relocation Assistance)

이사 보조금은 법적으로 되어 있습니다. 많은 Landlord는 이 법을 뒤에 놓고 눈먼 Tenant를 내보내고 있습니다.

물론 이 법을 모르는 Owner도 있겠죠. 이것이 미국의 부동산법인데 미국 시민이라고 다 알겠습니까?

* 신문상에 나왔던 사건들입니다.

2008년에 LA 시의회의 상정안이 #06-1325는 Housing Department 민원 상담 문의하여 보호를 받으세요. 부당한 대우를 Manager로부터 받으면 (213) 808-8888에 전화해서 영어가 서툴다고 하세요.

미국은 법치 국가입니다. LA 한 주가 South Korea보다 면적이 큽니다. 그러니 무엇으로 통치하겠습니까? 법입니다. 2009년 한해 동안 600개 이상의 새 법이 생겼습니다.

필요에 의해서 만들어지고 필요해서 상정하고 통과되고 국민은 따르지 않으면 법의 한계만큼 벌금 · 형량 그 외를 받게 되죠.

만약 입주 3년 미만인 경우에, 무단으로 이사하라고 했을 때 Lease가 되어 있으면 이사 가라고 할 수 없습니다. 이사 비용이 6,810달러입니다. 3년 이상인 거주자의 경우는 9,040달러입니다.

무단 퇴거령을 받을 경우 앞에 설명했듯이 Condo로 바꾼다, 친인척, 아들딸, 내가 이사 들어오려고 이런 이유로 퇴거(Eviction)시킬 수 없습니다. 불법입니다.

Housing Department에 가서서 문의하십시오. 이사 비용도 받으시고 부당한 대우로 쫓겨나지 마세요. 요사인 한국도 무단 퇴거는 안 된다고 합니다.

또한 반대로 도망간 Tenant를 Small Crime Court에 Sue해서 손해 본 금액을 찾을 수 있습니다. Lease 싸인받을 때 Social 번호는 받아 놓으세요. 골치 아픈 일 없습니다. 시간 문제입니다.

미국 살면서 몇 가지 정도는 아서야 합니다. Social 번호를 넣으면 새 주소지가 나옵니다.

① Housing Department
② Small Crime Court
③ Consumer Affair(법적인 사건, 변호사 문제 등) 부동산 보험 사건

Pamphlet 가져다 잘 보시고 물어보세요. 아주 친절하게 가르쳐 줍니다. 문의하고 싶은 것 있으면 영어로 적어 가서 보여 주고 적어 달라 하십시오.

2008년~2009년 12세 미만 60세 이상 무단 퇴거(Eviction) 때
3년 미만 거주자 14,850달러 이사 비용
3년 이상 거주자 17,080달러 이사 비용이 적용됩니다. 받아 가지고 나오세요.
Rent Fee 잘 내는 Tenant를 강요로 퇴거시킬 수 없습니다.
몰라서 쫓겨나지 마시고 권리는 Lease Paper입니다.
무단으로 내보낼 수 없다는 설명입니다.
위법입니다. 부동산법입니다.

Rent Control이 적용된 건물

① Mobile House
② 하숙집(Boarding House)
③ Hotel
④ Motel
⑤ 자취방
⑥ APT
⑦ 상가 등

설명하자면 1979년 이전 지어진 건물입니다. 1978년 11월 이전이 되겠습니다. 1978년 12월부터 Rent Control이 적용되지 않습니다.

이 뜻은 Rent Control에 적용되는 APT 등이 1년에 3%밖에 올릴 수가 없습니다.(때론 4%~7%까지 인상하는 것이 신문에 기재됩니다)

Housing Department에 Report하세요. (213) 808-8888

Condo는 아닙니다. 그래서 Condo 전향하겠다고 퇴거 조치했는데 모르는 주민은 그냥 이사 비용 받지 못하고 퇴거당한 것이죠.

Rent Control이 없는 도시

Rent Control이 없는 도시에서 Rent Fee를 10% 올릴 수 있다 합니다. 2Month(60일) 전에 Eviction Notice를 줘야 한다는데요. 10% 올리겠다고…

벤나이스 / 카노카 Park / Hollywood / 노스리지 / Venice / Ancino / San-pedro 등이 있습니다.
시로 독립되지 않은 지역이라 그렇다고 합니다.

TENANT가 화재 냈을 때

　Lease 계약시 세입자의 부주의로 화재가 발생해서 피해를 보았다면 그 세입자가 피해 보상에 책임져야 합니다. 법적인 책임이 됩니다.

　만약 화재로 화상을 입었다면 LA 시 보조 Program으로 치료받을 수 있다고 합니다.

　자나 깨나 불조심!

도망가는 TENANT는?

이러한 경우가 있어서 Social No가 필요합니다. 부부 것이 필요합니다.(Credit Paper도)

도망간 사람 찾는데(Investment Fee) Small Court Fee, Sheriff Delivery Fee는 피고(Defendant)가 다 물게 되어 있습니다. 도망가면 Credit 나빠지고 결국 갚아야 합니다. 2년 안에 찾아 Small Court에 Creim하면 받을 수 있습니다.

Last Month Deposit는 법적으로 3week' s Charge할 수 있습니다. 법적으로 승인되어 있습니다.

그 외 Demage, 깨진 유리, Carpet, 담배 자리, Paint, Clean 부엌, 망가진 것 등은 7년 전까지 산 Tenant에게 받을 수 있다 합니다.

도망가도 찾습니다. 다른 주로 가기 전에는 어디든 찾습니다.

APT 사고팔려는 기간 상식

APT, Condo, House, 가게 등 조금 남아서 팔려 한다면 잘못 생각한 것입니다. Tax를 엄청 많이 냅니다. 2년 이상 살아서 Tax를 냈다면 혜택을 받을 수 있는 조건이 됩니다.

국세청은 24Month 살지 못했어도 면세 혜택을 받을 수 있는 법적 조건이 있습니다.

① 건강상 문제 : 진단서 첨부해야 합니다.
② 직장이 다른 주로 옮겨야 할 때
③ 이혼 같은 예상치 못한 상황이 생겼을 때 2년 이상 살았다면 500,000달러까지 면세 혜택을 받게 된다고 합니다.

한국에서도 지금은 집을 사서 2년 이상 살아야 세금 혜택을 받을 수 있다고 합니다.

입주해서 7년 살았다면

Paint, Carpet Exchange, 그 외 Landlord는 Tenant에게 Paper 작성해서 물어보고 Tenant는 고치고 싶다면 Landlord에게 요청하면 됩니다.

매년 Paper 작성해서 고칠 것, 보수할 것, 원하는 게 있으면 해 주겠다는 편지를 보내십시오.

만약, 이사 나가면 법으로 Paint 망가진 것, Carpet 바꾸는 것, 그 외는 청구할 수 없습니다.

다만, 깨진 유리 그 외 망가트린 것은 변상해야 한다는 것입니다. 법적인 책임이 있으니, 이사 당시에 Memo해 놓으시면 서로 편한 상황이 되겠습니다.

TENANT 여러분

수리를 원하면 Landlord에게 Paper 작성해서 어디가 어떻게 되어 고쳐 달라고 하십시오. 증거입니다. 못 들었다고 할 수 있으니까 카쿠르치 개미, 곰팡이, 벌레 등 있으면 Complain해서 안 해 주면 Housing Depart에서 고발하세요.

Sink(부엌), Shower(목욕탕) 등 차라리 새것으로(Faucet) 바꾸어 주세요. 그게 더 오래갑니다. 부속 교체는 금방 고장이 납니다.

아시죠? 한 달이 되도록 고쳐 주지 않던가, 개미 등으로 고생하면… Housing Depart에 고발하세요.

Liquidate Demage

부동산법 표현이랍니다.

Late Fee, Bounce Fee 그 외 정당하게 10%까지 받을 수 있다는 법입니다.

Hearing Conner Station 법정에서 Liquidate Demage라고 씁니다.

모르는 사람에게 소송당했을 때

이름이 같을 수도 있고 나와 상관이 없는 것도 일단 소장을 Sheriff가 가져오든 개인이 가져오든 30일 내 맞고소해야 합니다. 안 하면 누명도 쓰게 되고 남의 빚도 갚게 되고 여러 가지 피해를 볼 수 있습니다.

무고(A libel)로 누명(Disgrace) 씌우고 소송당할 수 있습니다.

Fraud 친 인간이 사기당한 상대방을 사기 친 자신을 방어하기 위해서 고소하는 사기꾼이 있다는 것 아셔야 합니다.(유경험자)

맞고소하여 상관 없다는 것을 입증해야 합니다. 억울하게 궐석재판(Default Judgment)으로 가게 되면 누명 씁니다. 내가 아니고 나와 상관없다 하여 출두치 않으면 누명 고스란히 쓰게 됩니다.

사업하는 사람들은 서류를 5년간 보관하고 있어야 한다고 합니다. 정리하고 설명도 써서 보관하세요.

소송한 사람을 Cross Complaint라고 한답니다.

상대가 누군지 알아보시고 전화번호 확인하신 후 내막, Story를 물어보세요.

변호사 통해서 알아봐야 합니다. 안면이 있는지 등등.

2010 교통 Ticket 벌금

너무 비싸고, 엄청 부담이 큽니다. 정신 바짝 차려야 합니다.

과속 운전 삼가십시오. 운전 중 전화 문자로 교통사고는 Drunk Drive 보다 더 엄중하다고 합니다. 죽으려면 자기나 죽지 남에게 피해 주지 말아야 합니다.

2010년 3월 29일 (월요일) 중앙일보

교통티켓 벌금 왜 이렇게 비싼가 했더니…

추가 과세만 최소 4개

가주 의회를 비롯한 각 지방정부들이 예산 부족 해소의 일환으로 교통위반 범칙금에 각종 추가금을 부과하고 있어 교통위반 티켓 비용이 크게 치솟고 있다. 경관이 위반 차량 운전자에 티켓을 발부하고 있다.

벌금 외 추가금

· 가주 의무 비용 : State Mandated(명령 · 지령) Fee
· 벌과금 세액 : Penalty Assessments Fee
· 과징금 : Surcharge's Fee
· 유죄 과세액 : Conviction Assessments

① Freeway에서 카플레인 위반의 경우 벌금만 100달러입니다.
　안내판 추가 징수금과 합쳐서 341달러, 실제는 법원에서 내야 하
　는 금액은 446달러나 된다니 조심해야겠습니다. 우선 Freeway
　표시판을 살펴보세요.
　Truth-In-Fining Low라 합니다.

② 벌과금 세액 : Penalty Assessment's Fee
　이 법은 1955년에 운전자 교육 Program 자원 명목으로 시작되었
　다 합니다. 1953년에도 벌금액이 20달러였고, 2010년에는 1달러
　를 부과해 60달러의 경우 3달러 부과되어 63달러가 징수된다고
　합니다. 이는 예산 마련에 가장 효과가 있는 역할을 해서 지금까
　지 계속된다고 합니다.
　벌금이 100달러에 해당되는 위반 Penalty가 26달러 추가금을 36
　달러 되면 20달러 위반일 때는 52달러가 된다 합니다.
　무슨 수학계산법인지는 몰라도 법으로 책정되었으니 위반 Ticket
　받지 않는 것이 상책이니 조심하십시오.

　2010년 최근에 10달러면 10달러 부과되어서 20달러가 된답니다. 교
통국 벌과금 법이니까 20%를 과징금으로 추가 징수한다는데 이는 법

원 보안 비용 마련을 위해 일률적으로 30달러가 되고 유죄 과세액은 35달러이고 야간 법정은 1달러가 추가된다고 합니다.

또한 벌금은 기한 내에 갚아야 하는 것 잊지 마세요. 20달러가 벌금 액이 총 142달러로 둔갑한답니다. 어떻게 하는 계산법인지 해당되는 곳에서 조심해야겠습니다.

벌금 어디로 가나? 위반 적발 시 기본적 벌금 중 83%는 정부로 가게 되고, 15%는 County로, 2%는 법원으로 갑니다.

벌금 10달러당 7달러가 추가 부과되어 County 정부로 들어간다 합니다. 추가 교통 위반은 형사법 위반 혐의 벌금을 추가로 주는 가주를 포함해서 30달러가 된다 합니다.

한국에서도 이런 법 채택하면 양보하지 않는 운전자, 음주운전자, 술 취해 욕하는 사람 등 해당될 것입니다.

Social Number의 중요성

① 국토 안보부(D H S)
   고용주가 직원 채용시 Social Number가 필수입니다.

② Social Number를 넣으면 그 사람의 Credit, 범죄 사실이 다 나옵니다. 그래서 APT 얻을 때 Social Number 기재하고 Credit 조사도 합니다. Social Number가 없으면 불법체류자 취급받습니다. 범죄 기록, 신용 문제 등도 Social 번호면 알 수 있습니다.
   Tenant의 불상사가 생겼을 때는 Social 번호가 있어야 합니다.(도망갔을 때도)

③ 취업을 할 때도 꼭 필요합니다.

④ Social 번호 하나로 범죄 경력이 다 나온다 합니다. Bank에선 Social 번호를 물어봅니다.

Credit

Credit이 좋으면 그 사람의 모든 것을 알 수 있다 합니다. 미국에서 Credit이 나쁘면 아무것도 할 수가 없습니다.

(Loan 문제, 집살 때, Rent할 때, 사업할 때, Bank 거래할 때)

Card Payment 한 번 늦으면 Credit에 치명타가 된다 합니다. 차라리 O Point가 낫다고 합니다. Debit Card로 Credit를 쌓을 수 있다 합니다.

APT, Condo, House, Building도 모두 30년 할부 Payment입니다.

집을 사서 Pay하는 것은 Tax Deduction(세금 공제)의 혜택을 받는다 합니다.

부채 조정 : Settlement

Payment 제때 못 내서 신청하는 것이라 합니다.

돈은 빌려 쓰는 게 아니라 갚을만큼 빌려 쓰라 했습니다.

돈은 피해도 입고, 피해도 입힌답니다.

Credit Card' s Com

① 한 번 Payment가 늦는 것이 1점이고 최악일 땐 10점이 감점된다
고 합니다.
650점인 경우가 되는데 640점에서 부동자세가 되면 6점도 감점
되고 9점도 감점됩니다. 그래서 갚을 만큼 빌려 써야 한다는 옛
말이 있습니다. 점수 올리기가 하늘에 별 따기랍니다.
Payment 30일 늦으면 연체료에 점수까지 감점됩니다.

② Minimum Payment 4점이 된답니다. Payment 금액이 적을수록
이자가 더 추가되고 비싸진다고 합니다. 해결책은 원금 상환인
데 아마도 그게 Credit의 큰 역할이 되겠습니다.

③ Reward Point를 위한 Card 사용이 1점 이자는 비쌉니다.

④ Card 한도액은 쓸 수 있는 금액이 가까워 오면 점수가 떨어진다
합니다. 점수 뺏기고 이자 많이 내게 되는 Card라고 하는데 점수
도 뺏기게 되니 생각하고 쓰세요.
Card는 공짜가 아니죠.

⑤ 현금 인출 : Cash Advance
8점이랍니다. Grace Period 현금 인출과 동시에 이자가 가산되
는 것입니다.

⑥ 부채조정 : Settlement 9.5점이라 하는데요. Card사에서 Card 빚 갚으라고 연락 와서 원금 탕감, 협상했을 때 파산 다음으로 좋지 않은 협상 조건이 된다고 합니다.

＊탕감된 빚은 수입으로 간주되어서 TAX 부담이 커진다고 합니다.

어떤 때는 Cashier 앞에서 Card가 지갑에 가득히 10개도 되는 것 같았는데, 신나게 쓰고 이자랑 갚으려면 얼마나 힘들겠나 생각해 봤습니다. 쓸 때는 Sign만 멋들어지게 하면 되는데 그 뒤엔…?!

공익 소송 - 장애자

중앙일보   2010년 4월 16일 (금요일)

'장애인 차별소송' 확산

70년 이상 된 한인타운 건물까지 휘말려

한 건물에 있는 한인 문구점도 같은 이유로 피소

장애인 차별소송이 끝이 없다. 최근 LA다운타운·글렌데일·사우스게이트 지역 소송<본지 4월6일자 A-5면>에 이어 이젠 한인타운 한복판에 위치한 건물도 휘말렸다.

올림픽과 호바트에 위치한 건물 소유주 우모씨는 지난달 30일 LA수피리어코트로부터 소장을 받았다.

원고는 "건물이 장애인 시설이 제대로 갖춰지지 않아 장애인 차별을 당했다"고 밝혔다. 건물은 지난 1930년대 지어진 건물이다.

또 이 건물 내에서 문방구를 운영하는 한인 역시 같은 내용으로 소송을 당했다. 건물에서 우체국을 운영하는 업주는 "이 건물이 지어진지 70년이 넘었는데 이런 소송은 처음인 것으로 알고 있다"며 "원고 측이 과연 손님으로 이곳에 온 적이 있는지도 의심스럽다"고 말했다.

종 리 변호사는 "오래된 건물이라도 일단 건물주는 장애인을 위한 시설을 갖춰야 할 의무가 있다"며 "장애인 차별소송은 대부분 일정 금액을 주고 서로 합의하에 끝나는 경우가 많다"고 말했다.

그러면서 "이 같은 소송이 너무 빈번해 몇 년 전 장애인 차별소송으로부터 업주나 건물주가 보호받을 수 있는 부분이 첨부된 법 개정이 시도된 적이 있지만 물거품된 바 있다"고 전했다.

한편 88가와 피게로아에서 리커스토어를 운영하는 이모씨도 지난달 31일 법원으로부터 소장을 받았고, 또 파코이마 지역에서 미니 마트를 운영하는 박모씨도 지난달 28일 소장을 받았다.

소장을 받은 우씨와 이씨, 박씨를 고소한 원고는 각각 다른 인물이지만 고용한 변호사는 동일한 것으로 알려졌다.

이씨는 "일단 셋이 모여 변호사 선임 등 공동 대응책을 모색할 계획"이라며 "여기서 당하면 또다른 동일 소송이 벌어질 수 있는 만큼 철저히 대응하겠다"고 말했다.

박상우 기자
swp@koreadaily.com

장애자의 공익

1978년 11월 이전에 지어진 모든 건물은 Rent Control에 걸려 있습니다. Hotel도 Motel도 Mobile House, APT, 하숙집도 년 3%밖에 올릴 수가 없는 건물입니다.

이때는 미국도 차가 많지 않았고, 마당도 적거나 없었습니다. 또한 장애자 Parking Lot도 없었습니다. 방도 작고, 길도 좁고 등등

그런데 이런 Building에서 장애자 주차장도 없고 휠체어가 다닐 수

없는 가게라고 해서 변호사 대동하고, 변호사와 짜고 이런 곳에서 장사하는 사람에게 돈을 얼마씩 달라 흥정하고 있는 것을 보고도 시는 외면하고 뒷짐 지고 있다는 것은 이해가 안 됩니다.

1978년 11월 후에 지은 건물은 Parking Lot 등이 시에서 Permit 내줄 때 사전에 조사하고 내주는데… 이런 공익 소송 Case는 내 Opinion으로는 시에서 책임져야 한다고 봅니다.

그런 것을 역이용하는 법도? 변호사도 그게 LA에 법인가? 아니면 미국의 법인가? 화장실이 적다, 물론 적습니다. 그것이 Rent Control에 있는 건물들이니까, 소송은 홈(A Fault)이 있고 이런 것이 법이 작용되지 못하는 것인가? 무법천지인가?

모름지기 건물주는 찾아보아야 하겠습니다. Realty Depart든 Consumer Affair에 가서 알아봅시다. 법이 있어 Rent Control이 만들어져 있다는 것인 즉 이곳을 상대로 돈을 뜯어 LA 시도 속수무책인가요? 뒷짐 지고 있어도 되는 것인가요?

애초부터 장애자 Parking Lot이 없으니 Permit를 내지 말아야 하는 것 아닌가요? LA 시 정부가 책임 있는 소신이 있어야 합니다. Permit 준 것에 대해서 이곳에 피해를 본 사람은 정부 어느 Deport에 찾아가 상의해야 하나요? 너무 불공평한 처사가 아닌가 싶습니다.

시가 책임져야 한다고 생각합니다.

속인 것은 더더욱 아니고 애초부터 그런 것인데 시는 허가 주고 외면하고 그게 무슨 처사입니까? 휠체어가 못 다닌다든가 설명이 있어 그것에 대한 책임은 시가 져야 한다고 봅니다. 이 미국은 거의가 이민자들이니까 그래서 International America라고도 한다고 했습니다.

Permit 낼 때는 내부의 모든 것이 기재되어 있다고 봅니다.

이전 건물이 Rent Control에 해당되는 게 아닌가 물어보고 싶습니다.

한인변호사협회는 무엇 하는 곳인가요? 공익 소송 문제는 한 개인의 문제가 아닙니다. 이런 것은 부당 거래가 아닌가 싶습니다.

Rent Control 건물은 마음대로 뜯어고칠 수도 없습니다. Permit 없이는 무엇을 보고 Permit를 내주었나? 장애자 Parking Space도 없는 곳에 시는 Permit 해 주었습니다. 미국엔 Permit 없이 가게가 Open할 수 없지 않은가요?

건물 신축할 때 면허신청

① 공사기간에 ABC(주류판매면허)에 신청할 수 있습니다.

② Remodeling시 기존에 License를 양도받을 수 있습니다. 완공되지 않으면 Business Open할 수 없습니다.

③ 면허를 양도해 준 사람은 Business할 수 없습니다.

④ 학교나 청소년 관련 비영리단체로부터 600fit 거리 내에선 신규 면허 신청이 불허합니다.

⑤ 면허 갱신을 일 년 단위로 갱신해야 하며 수수료는 220~800달러 선이라 합니다.

⑥ Liquor 업주는 자기네 영업하는 한 공간을 도매업자에게 Rent할 수 없고, 창문에 선전용으로 Paint 칠할 수 없고, 싸인판도 걸어 놓을 수 있는 자리도 Rent할 수 없습니다. 이런 세 가지를 빌려 주고 돈을 받는다면 경범죄에 해당됩니다.

⑦ 주류 도매상, 제조업체는 법인 Corporation으로 된 소량의 지분이라도 가질 수 없습니다.

⑧ 술 배달은 Mon~Sat에 3:00 AM부터 8:00 PM까지 배달할 수 없습니다. Sun도 배달할 수 없습니다.

CUP(조건부 사용허가)

Conditional Use Permit : CUP 약자입니다.
도시계획국(Planing Department)에서 신청합니다.

① 갱신하는 날짜를 넘겼다면 자동적 Cancel됩니다. 이것을 Renews
시키려는 절차가 아주 복잡하고 경비도 많이 들어 재수석은 전문
가가 아닌 이상 어렵다고 합니다. 차라리 전문적으로 하는
Broker에게 일임하는 게 낫다고들 합니다. 경비는 9,000달러 정
도 든다 합니다.

② CUP는 용도 변경도 해야 합니다.

③ CUP는 업주와 시당국의 관계에 속해 있습니다. 주위 땅, 가게
등. 용도 변경이 되고 있는지 살펴봐야 한다 했습니다.

④ ABC License를 양도받기 전에 반드시 CUP를 체크해야 합니다.
그것은… CUP가 없으면 ABC License를 받을 수가 없다는 것이
니 알아봐야 하겠습니다.
Renews시키는 절차가 아주 복잡하고 시간도 경비는 거의 비슷하
다 해서 미리 가서 해야 합니다. ABC 같이 갱신하라고 연락이 오
는 게 아니라 CUP 기한 전에 가서 갱신해야 한다는 것을 잊어서
는 안 됩니다.

Entertainment Low

연예인 법이 있다는 것 아십니까?

Business할 때 연예인 회사 상업, 노동법, 부동산법, 지적재산권법 등 여러 분야가 있습니다.

보통 우리가 알고 있는 법적인 상식으론 가정법, 형법, 이민법, 특허법, 상법 등인데 Entertainment Low는 여흥(대접 접대) 연회, 연예인 회사 굉장히 폭이 넓고 광범위합니다. 무에서 유로 개척해야 하는 것이니까…

박식하고, 유식하고, 화술이 좋아야 하겠고 임기응변, 위트가 있어야겠고, 연기 연출 음성 또한 좋아야 하겠습니다.

First Impression이 좋아야 할 것이고, Manner 또한 좋아야 상대가 호감을 가질 것인 즉 책을 많이 보는 것도 부탁하고 싶습니다. 대인관계에 상대에게 줄 수 있는 매력? 성품, 조건, 취미, 취향, 애처가도 한몫이라 하는데요.

상대를 칭찬할 수 있는 너그러움과 수완, 선천적인 것도 있으나 후천적인 것이 더 많다고 사회생활상 경험이 없으면 주위 분석이? 눈치가 없는 것, 안 되는 것을 이르게 하는 것이 Entertainer라 하겠습니다.

• 웹싸이트, 광고 구상 특허권이 있으니 위반되는 행동은 삼가야 합니다.

  Smile은 고래도 꼬리를 흔들게 하는 성과가 될 것입니다. 그래서 옛말에 웃는 얼굴에 침 못 뱉는다 했습니다.

- 간판도 그 물건에 표현입니다. 별명도 암시적이고 그림도 역시.

- CF도 역시 Entertainment에 행동, 언행, 표현, Body 표현(Body language라고도)

- 말썽 많은 음반업계, 연예업계, Talent, an Actor, Actress, Arrange 연예 분야 분배, 분재도 Royalty도 이 범위에 해당된다 합니다.

Manager의 Power는 차운전하고 잡일 하는 것이 Manager라 생각하는 어폐도 종종 있고 본인도 그렇게 행동하고 있는지? 상호 Entertainment Low의 상식이 부족해서, 몰라서? Manager가 두 개의 직업이 있는지는 잘 모르겠으나? Manager Couse는 Entertainment Low에 속해 있습니다.

그래서 무단 Power, 억압, 억지 계약 강요, 무대까지가 아니라 인기까지 독점 노예같이 계약을 10년 길러서 인기 있는 배우 만들었으니까 본전 뽑고 돈 벌자고 하는 어폐? 사람은 기계도 아닙니다. 돈으로 보이십니까?

Entertain에 속해 있는 사람이라면 적어도 Entertainment Low에 대해서 상식이라도 알아야겠습니다.

재산권의 법적 보호의 필요성도 또한 Entertain이 잘못되었다 하는 것입니다.

상표 도용 문제

등록된 상표라면 Permit 허락 없이 사용하는 것은 위법입니다. 저작권, 상호, 주제곡, 상표권, 지적재산권, 노래 사용 건, Melody를 배경음악으로 쓰는 것, Video copy, 영화 Copy 등 모든 것이 '상표 도용' 문제입니다.

Case

① MGM 영화사 저작권을 가지고 있는데 배경음악이 좋아서 사용했다면 소송당합니다. 광고, 배경음악, 영화 등 위법입니다. 노래는 부를 수는 있어도, 모든 것이 상권이요, 이권과 연관되어 있어 흥행이 좌우되니까 법적으로 고소당하게 되어 있습니다. 손해배상청구도 받게 됩니다.

② 남의 상호가 좋아서 쓰는 사람이 있습니다. 한국에서 이곳으로 이곳에서 한국으로 법적 소송당하게 되어 있습니다. 손해배상청구도 받게 됩니다. 단, 상호 특허를 내는데 요사이 특허신청하면 몇 달 걸립니다. 꽤 경비도 많이 들어간다고 합니다.(350~600달러)

③ 책도 저작권이 있습니다. 계약이 있어야 합니다.

④ 연방의회에 지적재산권의 보호를 청할 수 있습니다.

⑤ 원단 Copy 문제도 있습니다. 색상, 무늬 등… 신문에 나왔습니다. Dawn Town에서 원단 취급하던 여자 분인데 색상, 무늬 등으로 법적 관계에 있던 외국회사와 장기간에 법적으로 싸우다 이겼다 했습니다.

⑥ 유명 상품 Copy : 제일 흔한 것이 루이비통입니다. Chanel Hand Bag, Wallet, 옷, 스카프, 운동화, Jean's, 시계 등등… 너무 많습니나.

⑦ E-Mail도 Copy가 있습니다.
거짓, 과장, 속임수, 개인정보 비난, 과대 포장 등등 손해를 입혔을 때 벌금이 최고 2,500달러까지 벌금형이 부과됩니다. E-mail 대량 유포하고 스팸메일을 보낼 때 6개월 미만의 징역형이 되고 1,000달러의 벌과금이 부과됩니다.

⑧ 개인적 사생활 침해됩니다.

⑨ Video Shop에선 18세 미만인 미성년에게 폭력적이고 노골적인 성인 영화를 빌려 줄 수 없습니다. 빌려 주는 Video엔 필히 스티커를 부착시켜야 합니다. 이 두 가지 사항이 위반되었을 때 위법입니다. 벌과금과 그 외 법에 적용된다 합니다.

유명 상품 위조품

만들어도, 취급해도, 소지해도 추방 대상 판결됩니다. 항소법 중법에 적용됩니다.

이민세관(ICE) 단속국

① 최근 위조 상품 관련 단속을 대대적으로 합니다. 위조 행위는 추방 대상이 됩니다.

② 연방 제6항소법은 위조 혐의로 이민법으로부터 추방 명령을 받게 됩니다.

③ 위조한 적도 없었는데 장사로 취급하려고 한다든가 만들려 한다든가 했다 해도 추방됩니다.
위조품 소지자를 돕는다든가 방조한 자도 기소됩니다.

④ 연방법에 따르면 가짜 상표 도용은 비도덕성 범죄로 징역 1년 이상이며 추방 대상이 됩니다.

⑤ 현대 국토안보부는 살인, 강간, 음주 Drunk, Drive, 매춘, 아동 포르노 범죄, 협박, 공갈, 사기, 밀수, 사기, 도박으로 1년 이상 징역형일 때 역시 추방으로 이어집니다.

음반 음악 불법 다운
―지적 재산권(Resister Property Right)

저작권 침해로 처벌은(Am Author Copy - Right) 형사처벌됩니다.

최근 미국음반협회(RIAA) 음악 File을 공유하던 Sight에서 불법이라고 밝힐 것을 추궁당했다고 노래, 음악, 작품, 책, 그림 등. 저작권법으로, 등록되어 있어 보호받고 있습니다. 즉, 재산권 행사가 됩니다.

예를 들면 방송국이나 영화 Drama 등 여러 곳에 배경음악으로 나올 때 사용료를 지불해야 합니다. 무단 사용하면 형사건으로 입건도 되고 벌금도 내게 됩니다.

무료로 되어 있는 음악도 있습니다.

일단 유명해지면 유세가 붙듯이, 저작권 신청들을 하니까 무단 사용이 됩니다.

허가받지 않은 Internet Sight를 통해 다운 Road받는 방법부터 터득하세요. 사용허가가 되어 있는 것인지 확인해야 됩니다.

저장된 음악, 영화, Drama File를 공유하는 것을 빼 가면 저작권 침해가 되겠습니다. 이는 File 공유 싸이트를 통해 다운받으면 저작권 침해가 되겠습니다.

사용자가 File 공유 시스템을 통해 타인의 File를 가져간 것까지도 이해되나 이것을 타인에게 나눠 주었기 때문에 사건이 됩니다. 이것은 저작권 침해가 된다고 하니 유념해야 합니다.

고의적 침해면 건당 750~150,000달러까지 벌금이 부과된다고 합니다.

이런 사건의 고의적이든 아니든 신문에 사건으로 나왔습니다.

어느 여학생이 몰랐다는데 24개 곡을 다운받아 친구에게 주었는데 한 곡당 80,000달러 24곡 총 1,920,000달러를 배상하라 판결이 났던 사건이 있었습니다.

이런 Case가 시민권자는 불법체류자, 영주권자에는 추방도 당하게 됩니다.

이렇듯, 모든 사건이 추방으로 이루어지니 조심해야 합니다.

모방 제품
—저작권법

모방 제품도 저작권에 건당 150,000달러 배상도 됩니다. 형사소송이 되고, 추방 대상도 됩니다.

책, 음반, 보석 Design, Accessories 등 저작권이 되어 있습니다.

A회사가 저작권 : Copy Right로 등록된 Design된 제품을 Copy-모방해서 팔았다고 제품당 150,000달러 배상 Case가 있었습니다.

그러나 A회사의 모방 물품인지 알고 팔았다면 민사상 책임이 있어 배상해야 합니다. 몰랐다면 A회사에 양해, 사과로 선처를 받아야 합니다.

이것은 저작재산권(Intellectual Property Right)이라 합니다.

불법 복제 한국 VIDEO Shop

업주는 형사처벌됩니다.

New York New Jersey에 있는 한인 Video업계에서 불법 복제를 막기 위해서 단속을 요청했다고 합니다. 아마도 수차례 공문도 보내고 단속한다고도 했는데도, 복제는 계속되었다고 합니다. 불법 복제를 공공연하게 했다고 합니다.

체포되면 형사처벌입니다.

Video Shop에선 원본 값 80달러도 내지 않았다고 하는데, 벌금은 1,000~1,300달러 내야 하고 어쩌면 추방 가능성도…

자영업(Small Business)

 구멍가게이든, 큰 가게이든 상관없이 Business는 Business이니까
인허가 등록증을 신청해야 합니다.

 Sales : 종업원

 국세청(A National TAX)

 EXTRA 배우로 일해도 Business Permit를 받아야 합니다.

 면허증(License)을 내야 합니다.

 Shop Open 때 Shop Close할 때도 폐업 신청해야 합니다.

Liquor Store 규칙

ABC Permit이 License입니다.

① 주인이 술병 뚜껑을 가게 안에서 딸 수 없습니다. 위법입니다. 술병 뚜껑을 따다 들키면 벌금을 냅니다.

② 2:00 AM~4:00 AM엔 술을 팔 수 없습니다. 옛날 New York에선 Liquor Store가 7:00 AM에 Open했다 합니다. Alcoholic된 사람들은 술이 주식이니까 2:00 Am 전에 마셔야 합니다.

③ 지역에 따라 Liquor Store Open 시간이 틀리기도 합니다.

④ ABC License 신청 기한이 4~5Week's 걸린다고 합니다.

⑤ CUP는 6~7Week's 걸리고, Escrow 기간과 거의 비슷한 기한이 걸립니다.

⑥ ABC 매입자금 출처가 명확해야 합니다.

⑦ 마약 거래, 불공정 거래 등 돈 세탁되어 마약은 술과 친밀한 상관관계에 있어 떼어 놓을 수 없기 때문입니다.
만약 Bank에 돈이 Deposit되어 있다면 출처 공급이 명확해야 합니다. 어떠한 성질의 돈인지 증명되어야 합니다.
PS : 한국에서 큰 돈 가지고 들어오면서 공항 세관에 상세히 신고해야 하는데 하지 않은 돈은 위에 설명한 것 같이 불법이던가 공금횡령이던가 여러 가지입니다. 집을 판 돈이면 증거 증명이 있어야 합니다. 들통나면 그 돈의 종류에 따라 Tax도 내고, 때에 따라 압수도 하고 그 외 법적 조치를 받는다고 합니다.

⑧ Bank Deposit된 돈이 적어도 6~7Month 전에 있어야 말썽이 없습니다. Liquor Store 사려면 까다롭다고 합니다.

⑨ 남에게서 빌렸다면 법적인 차용증이 있어야 합니다.

⑩ E-2 Visa일 때는 개인으로 사는 것보다 주식회사로 사는 게 안전합니다.

⑪ 만약 범죄 기록이 있다면 법무국에서 지문을 찍게 됩니다.

⑫ 마약과 관계가 있는지도 확인합니다.

⑬ 폭력 행위, 폭언, 중범죄 기록이 되고 가정 폭력, 아동 학대 등도 Point(손가락질, 얼굴 표정) 대질신문 때, 폭언할 때 그 얼굴 표정이 죽일 듯했는지? 위협을 느끼게 했는지에 따라 처벌의 높낮이가 결정됩니다.

⑭ 사기(Fraud, 횡령 등), 음주운전 2~3번 기록 등 2010년에 와선 추방되니까 조심해야 합니다.

⑮ 첫 번째 Drunk Drive 때는 교육을 받고, 2범이면 심각한 상황에 Test하고, 3범이면 추방된다고 합니다.

⑯ Liquor Store Permit은 부부가 같이 신청해야 한다는 법입니다. 한 사람은 불가, 이것이 다 해당됩니다.

2010 TAX 체납자를 찾아라

고지서 비용이 배보다 배꼽이 큽니다.

LA County 체납자 한 명 찾아내기 위해서 수천 달러의 비용이 지출되고 있다고 LA Times가 기재했습니다.

1980년대부터 재산세를 내지 않고 있는 South LA에 5,706 Squire Ft 크기의 부지 소유주 D Smith 찾기를 22년째 계속하고 있다고 합니다.

1980년 재산세가 23.65달러였는데 30년 동안 누적된 체납된 세금에 이자 벌금이 33,534달러 고지서만 30년 동안 1,018장이나 보내졌고, 등기우편으로 보내는 고지서는 Certified Mail로 보낸 횟수가 6,730번이라 합니다. 그 비용은 5.71달러 한 번 Mail 받으려고 보냈습니까? 책임상 보내야 했습니까? 이해가 안 가는 부분입니다.

LA County 재산세 체납 명단에 올라 있는 250만 개의 크고 작은 토지 가운데 2,800여 토지 소유자들이 재산세를 납부하지 않았다고 합니다. 있는 사람들이 더 치사하다고들 하는데? 일부에선… '미꾸라지 한 마리가 연못을 흐린다' 는 속담도 있지요?

LA County는 재산 몰수 전 밀린 재산세를 낼 것을 예산하고 있다는데 낼까요?

세무국은 비싼 확인 절차에 대해 어쩔 수 없다고? 하는데 세무국은 이번이 마지막이 되겠고 다음으론 재산 몰수라는데 참으로 30년간 잘 참아 주었습니다. 직원이 몇 번 바뀌었나 봅니다.

　너무나 희한한 사건이라서 30년간 세금 안 내고 버티는 상황도 땅이니까 그런가 봐요. 도깨비도 땅은 들고 가지 못한다 했습니다.

　사업에서 숨돌릴 만하면 망하는 팔자도 있습니다. 그땐 땅을 사라는 말도 있습니다.

Cell Phone Recycle

2004년 August부터 시행된 새 법입니다.

① Cell Phone 취급하는 회사는 Cell Phone Recycle Service해야 합니다. 하지 않으면 판매 금지조치를 당합니다.

② Cell Phone을 아무데나 버리다 발각되면 벌금이 25,000달러나 됩니다.

③ 재충전 배터리는 Cell Phone Accessories도 아무데나 버리다 들키면 역시 벌과금입니다.

④ LA에서만 매년 버리는 Cell Phone이 1,300만 개 이상이라 합니다. 옛날엔 집집마다 전화가 있었는데 지금은 전화가 거의 없습니다. Cell Phone이 집식구에 따라 다 가지고 있습니다. 할머니, 할아버지, 손자, 손녀…
밥 먹을 때도 화장실에 갈 때도 자러 갈 때도…
Cell Phone 수명은 대강 18Month라고 계약 기간이 2년. 하루에 몇 통?

법으로 책정되어 있다, Cell Phone도

① Cell Phone 계약했다 21일내(3Week's)에 계약 취소할 수 있습니다. 계약 취소 거부는 위법입니다.

② 수영장(Pool)을 새로 개조하면 Fence에 잠금 열쇠를 의무적으로 설치해야 합니다. 물로 높게, 어른들의 부주의로 아이들이 수영장에 빠져 죽게 하기 때문입니다.

수영장 만들어 써 보셨습니까? 써 보셨다면 몇 번이나 써 보셨나요? 허영심이라고 생각하지 않으세요? 세수나 하고 가게나 갑니까? Coffee는 어디서 사 드세요? 맥도날드, Drive In 일요일 Golf, 수영장 사용하지 말고 뚜껑 덮어 잠그세요.

③ 가정 폭력

습관적으로 손찌검하는 남편, 폭력, 폭언, 병일 수도 있습니다. 911하면 신세 망칩니다. 밖으로 큰소리 나가면 주위에서 신고합니다. 법으로 다스려집니다.

한국식으로 '부부 싸움은 칼로 물베기다' 라는 옛말이 있지요? 그때가 언제인데 영주권일 때는 추방도 되고 또한 아이들도 빼앗기게 되고 벌과금도 엄청나다는 것 입건되면 보석금도 몇 천에서 몇 만 달러 된답니다. 매 맞고 사는 여자에게 정부에선 도움도 준답니다.

④ 인신매매한 사람은 최고 징역 8년형, 주정부는 주거비용도 Medical 수혜 자격도 가정 폭력에 시달리는 엄마 아이는 정신질환이 된다고 합니다. 취업 지원도 Service도 준답니다.

⑤ 대형 할인점 설립 절차도 규제합니다. 지역 사회에 경제적 전망에 얼마나 도움이 된다는 보고서가 먼저 제출되어야 합니다. 시에서 보고서 보고 조사하고 견적 뽑아 실이익이 되어야 허가가 납니다.

⑥ 살인, 강간, 아동 추행, 아동 포르노, 협박 공갈, 매춘업, 도박, 사기 등 1년 이상 징역형이 되고 추방도 된다 합니다.

⑦ 자영업은 LA 시정부가 매출 50,000달러 이하일 때는 기업세가 면제되나 50,000달러 이상일 때 3%의 기업세를 내야 합니다.

⑧ 의료보험회사는 특정인에게 의료보험 혜택을 거부할 수 없다 허나 때론 거부할 때도 있어서 법정 싸움이 될 때도 있습니다.

⑨ 연방법원에선 고용주가 종업원을 채용시 합법적인 체류 신분을 확인해야 합니다.

소환장(DEPOSITION)

12인으로 큰 법정에 소환되어 재판에 참석해야 하는 법.

이 소환장은 제3자나 Sheriff가 가져오고 싸인도 받아갑니다. 미국 법인데 고소한 사람이 의뢰한 변호사가 그 변호사도 상대가 누군인지 모르고 보내는 미국 법입니다.

참석해야 합니다. 만약 영어나 그 외 이유가 있으면 못 간다는 Mail 을 보내야 합니다. 참석치 못하는 이유 적어서 Certified Mail로 보냅니다.(똑같은 이름일 경우 나는 아니다 영어 못합니다. 내용에 관계가 없습니다. 나이가 많습니다. 18세 전이다 등)

무조건 참석치 않으면 법정 모독죄가 적용됩니다.

특별 소환장 : Subpoena Duces Tecum 받았다면 참석할 때

① 서류로 증명될 수 있는 것
② 요구 상황 서류
③ 이 소환장과 관련된 서류
④ 증거물 등과 사진, 영수증, Sample 등 또한 명확한 설명도 필요
⑤ 영어가 부족하면 번역하여 가지고 가고, Copy는 필수

＊법정에서 즉, 재판과정에 고의든 타의든 없어질 수 있습니다.(경험했음) 그래서 Copy하여 간직해야 합니다.

Deposition은 상대방에게 고소당했을 때 혹은 고소했을 때 상호 변호사끼리 진술 설명을 충분히 서로 해 주고 교환해야 합니다. 만약을 위해서 다시 말하지만 Copy는 간직하세요.

재판석에 참석하지 않으면 어떠한 손실과 누명, 위증, 거짓말이 생길 수도 있고, 억울하게 손해 보기도 하고 질 수도 있다는 것입니다.

만약 참석하지 못할 이유가 있다면 서류 작성하여 미리 내 변호사에게 보내서 상대방 변호사에게 보내 줘야 합니다.

Deposition Transcript : 진술서 책자

재판 때 증인 진술 내용이 바뀌면 읽어 봐서 증인이 Story를 바꾼다든가 거짓을 했다면 찾아내서 정정하고 밝혀야 합니다. 그래서 Transcript : 진술서 책자를 잘 읽어 봐서 명확한 설명과 증빙서류를 준비 보관해야 합니다.

변호사도 설명해 주지 않으면 물어봐야 하겠다고 해도 대답은?

만약 증인이 재판정에 나오지 않았을 때를 대비해서 Deposition 책자를 미리 달라 하여 살펴봐야 합니다. 변호사가 주지 않으면 무책임하거나 속이거나 한 것입니다.

변호사 자신이 태만으로 준비 못했을 때도 귀찮으니까 합의도 권하고 강요도 하고 협박에 거짓까지 한다는 것 잊지 마세요.

간통은 이혼 사유가 안 된다(No Fault Divorce)

아마도 한국에도 없어지는 것으로 압니다.

사랑이 식었으면 이혼하는 거죠. 부부가 사랑했어도 시들해지고, 사랑 없는 조건으로 결혼해서 살았다면 남자 편에서 너무 무능하든가, 맹목적 사랑이든가 그 반대도 되겠죠.

간통으로 위자료 문제가 오가는 일은 없어요.

물론 결혼 전에 있었던 재산을 서로 넘겨보지 않는다는 것도 한국에서도 동의한다고 합니다.

형사소송도 형법으로 되어 있지 않다고 합니다. 주마다 조금씩 틀린다고 합니다.

Taxs에선 간통이 이혼 사유가 된다고 합니다. 간통했다면 어느 쪽이던 싫어지면 이혼해야죠.

아이들이 문제입니다. 생활비도… 당사자들 문제이겠습니다.

Shop에 들어온 손님이 물건을 훔쳤을 때

우리나라 속담에 '도둑은 앞에서 잡는 게 아니라 뒤에서 잡는다' 고 했습니다.

① 물건을 치마 속에 넣던가, Hand Bag에 넣던가, 들고 나가던가 등 여러 가지 형태가 있겠는데 아무리 확증을 잡아도 가게 안에선 물건 내놓으라 못합니다. 돈 지불하려 했다 하면 왜 치마 속에 감추었냐가 성립이 안 됩니다. 문지방 넘었을 때 보여 달라고 할 수 있고, 경찰도 부를 수가 있다고 합니다.

② False Imprisonment : 잘못된 감금
법적인 용어입니다. 만약 물건이 나오지 않았는데 손님을 도둑 취급했다면 위법이 됩니다.

③ Shop Keeper Privilege : 보호하기 위한
· 손님을 붙들고 오래 있게 하는 것
· 다른 손님이 들리게 큰소리로 말해 망신시키거나, 남의 인격을 무시하고 도둑으로 몰아가는 행위이니까 위법입니다. 고소할 수 있습니다. 고소당할 수도 있습니다.

위임장(Limited Power of Attorney)

① 건강상

② Business 정리 혹은 다른 주로 이주, 모든 것을 할 수 없을 때 아껴야 할 상황에 위임장을 씁니다. 아들, 딸, 동생, 형, 친구 등···
  Tittle Insurance : 부동산 사고팔 때 적용됩니다.

  * 위임장에 두 가지 형식이 있습니다.
  · 짧게는 2~3Month 기간 동안
  · 장기 관리가 필요할 때
  · 부동산일 때는 위임장을 공증까지 받아야 합니다.
    Tittle Insurance 받아 놓아야 담보 설정이 안 됩니다.
  · 조건이 있는 것은 손해 본다던가(가게 등) 해결책, 책임 문제를
    설명해야 할 것입니다.

③ LA County : 등기소(Registration)에 등기되는 모든 서류 문서가
  공증(notary)되어야 합니다.
  예로는 위임장 써 주고 사고 났다면 위임장 받은 사람이 모든 책
  임을 계속 지어야 하니까. 위임장 받아 줄 때나 받았을 때, 모든
  조건 내용을 서로 써서 같이 Notary 받아 가지고 있어야 합니다.
  원본은 Copy해서 보관해 두는 것이 현명합니다.

＊Tittle Insurance 받지 않으면 사기(팔아 버리는 것)당할 수 있다 합니다. Tittle Insurance 있으면 사기를 당하지 않습니다.

Tittle 보험하지 않으면 갖고 있는 사람이 갑자기 돈이 필요할 때 팔아서 쓸 수 있습니다.

흔히 형제니까, 믿으니까… 하고 생각했다가는 사기당합니다.

2009 불법체류자 고용주

만약 고용주가 불법체류자 채용했다면
① 금융지원이 봉쇄된다고 합니다.

② 불법체류자를 고용하는 것은 이민법 위반입니다.

(American Recovery and Reinvestment Act Of 2009)

불법체류자를 채용해서 위반 기록이 있었던 고용주는 금융지원
대상에서 제외됩니다.

③ S B A Loan

융자에선 신청자의 체류 신분, 모든 신상서와 범죄 기록을 조회
합니다.

S B A Loan 3%의 저금리 융자가 안 됩니다. 만약 신청시 전자신
원 조회(E- Verify)에 의무적으로 가입해 체류 신분이 합법적인가
확인되어야 합니다. 또한, 연방수사국(FBI) 신원 조회도 받아야
합니다.

고용주는 실형이 8Month 선고받게 됩니다. 또한 복역 후 추방도
당하게 됩니다. 불법체류자인 것을 알면서 채용했을 때… 친인척
이라도 안 됩니다. 연방 법무부와 국토안보부가 불법체류자 색출
에 발 벗고 나선다고 합니다.

④ 이민세관 단속국(ICE)

Ex1) Kentucky 주의 Immigration에서 있었던 일

중국 뷔페식당 주인에게 징역 8Month 3년간 보호관찰형을 선고받았습니다. 이는 고의적으로 2006년~2007년 11월에 10명의 중국인 불법체류자를 고용했다고 고의적으로 월급을 적게 주었고 경제적 이익이 많았다고 합니다. 업소 내 숨겨 주고 있었습니다. 현금이 59,000달러와 불법체류자 6명이 숨어서 지냈다가 체포되었습니다. 이들은 추방되었다고 합니다. 이 뷔페식당은 일 년간 수사해 온 것입니다. 식당 주인이 시민권자라 추방은 면했다 합니다. 시민권자가 아니면 추방됩니다.

일 년 동안 식당이나 공장 등 사업체에 기습 단속해서 체포된 불법체류자가 6,200명이 된다 합니다. 그중 1,100명은 전과자들인 것이 드러났습니다. 심각한 문제라 하겠습니다. 방대한 미국의 제일 큰 문제라고 합니다.

Ex2) American Appeal

합법 신분 증명이 안 되면, 숙련 인력도 채용은 불가합니다. 정식 숙련공은 인권비가 시간당 비싸니까 이 유명한 American Appeal도 불법 노동자 1,500명을 해고했다고 합니다.

· 1,800명 불법 노동자를 고용한 것으로 조사되었습니다.
· 노동허가서가 없으면 고용이 안 됩니다.
· 가짜 Social No를 가지고 있었다고 합니다. 1,800명 중 300명만 합법 신분이었다고 합니다.

얼마 전 2011년 신문에 농사철엔 불법체류자를 채용할 수 있게 해 주던 곳도 있었습니다.

대형차 Street Parking이 금지

　대형차가 Meter Parking 한 개 반을 쓰는데 아주 오래되었는데 시에선 보지 못하고 있는지 이해가 안 갑니다. County 정부에서 Permit를 받아야 합니다.

① Motor Home : 이동 주택차

② Outer Sized Vehicle : 대형 화물차

　　시의회 조례안 통과되어 길거리에 주차할 수 없습니다.

③ 허가비는 10달러입니다.

④ 같은 장소에 3일간 주차할 수 없습니다.(Permit이 있다 하여도)

⑤ 주차증이 없으면, 위반시 벌과금 50달러, 2차 위반시 75달러, 3차 위반시 105달러입니다.

결혼 전 상속받은 재산

이혼시 부부 공동재산권에서 제외됩니다.
결혼시 모은 재산만 공동 권한이 되어 반을 가질 수 있습니다.
결혼할 때 얼마 주겠다는 계약이 있으면 받게 됩니다.

골프선수 타이거 우즈 Case는 10년 살면 1,000만 달러를 주기로 계약했었다고 하나, 너무 지나친 타이거의 잘못으로 이혼도 하게 되고, 아이들도, 위자료도…
신문에서, 뉴스에서 듣고 보고 했으니까 아시리라 믿습니다.

California Low는
Community Property : 부부의 공동재산, 결혼하여 모은 재산도 공동재산

아동 학대 1

① 아이가 말 안 듣는다고 때리던가, 머리를 때린다는 것은 아동 학대입니다.

② 등을 탁 쳐서 아이가 기겁하게 하는 것도 아동 학대입니다.

③ 팔, 손목 잡아채는 것도 아동 학대입니다.

④ 차에 아이를 방치해 놓는 것도 아동 학대입니다.

⑤ 공부하지 않는다고 종아리 때리는 것도 아동 학대입니다.

아동 학대 2

아동 학대로 아이들과 격리되며, 아이도 빼앗기게 됩니다. 이곳은 옆집, 앞집 학교에서도 경찰에 고발하니까 조심하셔야 합니다.

신문에서 보신 기억이 있으리라 생각됩니다. 자전거 빌려 줬다고 Golf채로 10살도 안 된 두 아들을 때렸다는 것 아시죠? 아동 학대입니다.

학교 갔다가 멍든 것을 본 선생님이 Police에 Report해서 아이 둘도 빼앗기고 벌금도 냈습니다. 좀 너무한 것 같았는데 이 남자 왈 '한국에선 Golf채로도 혼내 준다'고, 'Golf채는 살상 무기가 되는 것 몰랐습니까?' 라고 반문했다네요.

DCFS : 아동보호에선 자녀 교육 때문이라도 처벌은 절대 안 됩니다. 아동 학대이고, 위법입니다.

벌금은 몇 천에서 몇 만 달러입니다.

아동 학대 3

영아 학대 엄마, 아빠 보석금이 1,260,000달러.

생후 100일밖에 안 된 아들이 운다고 35살 난 아빠가 매질 학대로 상해죄에 한국 엄마는 31세로 상해 입은 아이를 남편 짓인 것이 탈로 날까 봐 신고하지 않았고, 둘 다 검거되고, 아이는 병원에서 데리고 갔다 합니다.

AB 2210 Towing 법안

① Towing 운전사가 서면으로 차량이 주차된 부지 소유주의 승인을 얻은 후 즉, 소유주가 '승인 없이 주차했으니 가져가시오' 해야만 Towing Co는 차량을 견인할 수 있습니다. 즉, 주인 신고 없이 Towing할 수 없습니다. 한국같이 내 차를 Towing했냐고 항의할 수 없습니다.

② 차량 Towing하기 전 차 주인이 나타날 경우 Towing할 수 없습니다. 위법입니다.
911에 Report하세요.

③ Towing 차량은 반경 10Mile 이내에 있는 Towing 회사에 Towing하여 보관하는 것이 법입니다. 위반시 위법입니다.(Small Court로)

위 법안 특정조항을 위반시 경범 혐의로 형사처벌이 됩니다.

불법주차비

불법주차 Ticket이 크게 오르고 있습니다.

복잡한 Wilshire-Olympic, Vermont Wester-Pico는 2006~2009 / Feb 까진 65달러였는데 2009년 3월부터 140달러, 올랐습니다.

LA 교통 체증이 심한 구역이 22곳이라 합니다.

Andi-Grid lok Zone : 정체 해소 특별구간이 설정한 조례가 통과되었습니다.

불법주차 과태료 140달러 / County Towing료는 144달러 / Towing 보관료 Over Night 33달러, 총 317달러입니다. 또한 추가로 Towing 찾으로 갈 때 Taxi비 들어갑니다.

2009 담배

죽는 것도 팔자라, 접시 물에 코 박고도 죽는다지요.

담배로 인해서 간암, 폐암, 식도암, 구강암은 직접적인 상관관계가 됩니다.

〈카사블랑카(Casablanca)〉란 옛날 영화 보셨죠? 함부리 조카드의 담배 피는 연기, 우수에 싸인 잉그리드 버그만의 애수에 젖어 담배 피는 장면은 눈물 그렁그렁한 고독과 낭만과 아픈 추억이… 누구나 한 번 담배 피워 보고 싶은 충동이 있었으리라 생각이 듭니다.

① 간접 흡연은 고소당합니다.

② APT Lease 주의사항이 기재되어 있다면 Eviction당할 수 있습니다.

③ 공원에서 금연.

④ Coffice Shop에서도 금연.

⑤ Balcony, Patio에서도 금연.

⑥ 식당에선 오래전에 금연.

⑦ 차 옆자리나 뒷자석에서도 금연.

⑧ 미성년자 태우고 담배 피우면 어떻게 되는지 아시죠?

⑨ 차에서 담배 피다 창밖으로 담배꽁초나, 재 털면 과태료 100달러입니다.

⑩ 대중교통, Bus, 기차, 비행기, Taxi, 그 외 공중 화장실도 금연.

⑪ 바닷가, 수영장, Picnic 장소 220달러 벌금입니다.

＊담배는 중독성이 강하고, 소리 없는 살인 무기랍니다.

한국은

담배 피우는 천국! 내 마음대로입니다.

술 마시는 문제는 설명이 필요 없습니다.

강간당한 어린아이 사건, 술 취한 사람이라서… 2년 징역 그다음의 해명은 법이 없어서…

옛말에 '술 취하면 개'라는데 개도 구별하죠. 새끼는 보호하니까…

담배, 술이 천국인 대한민국 KOREA라는 것…

공합 대합실에서 Go Stop

Picnic은 가서 술은 취하도록 마시고, 노상 방료, 고성방가, 춤추고, 시비 붙어 치고받고 싸우고, 내 듣기엔 법이 없다고 합니다. 한국은 무법천지.

경찰 때리는 취객, 침은 아무데나 뱉고, 내가 한국인인데 누가 뭐라고 하랴… 법이 있어도 실천하지 않는 백성이 Korean.

법을 만들어 놓고도 법을 사용하지 않는 나라가 Korea.

안 되는 것 없는 나라, 내 조국 한국.

노사방료, 침은요…

경찰도 무서워하는 취객! 잘못하다간 따귀 맞을라 '너 내가 누군지 알아? 술주정…

아마도 80년대 같습니다.

　Bus 안에서(관광객, Picnic 여행객) 술 마시고, 춤추고, 고성방가하고, 담배는 보통. 싸우는 줄 알았습니다. 차창밖에 비쳐진 분위기는 싸우는 것 서로 말리는 줄 알았습니다. 운전사도 한 잔, 나도 두 잔, 사고는 맡아 놓은 사실입니다…

처벌과 합법
—Human Rights : ACLU(American Civil Liberties Union)

처벌과 합법(AB 58)화한다

① 노인 학대도 적발되었을 때 벌금이 6,000달러가 됩니다. 2009년은 10,000달러가 되었습니다. 법안 SB 18입니다.

② 직장이나 학교에서도 교수, 선생님에게 교수형용 올가리를 보여 주면 간접적 협박이 적발될 경우 협박이 됩니다.
처벌 법안이 AB 412

③ 인종차별, 위협, 폭력, 폭언은 조심해야 합니다.

Tel. (213) 977-9500
Fax. (213) 977-5299
Goverment (213) 977-9503

1313 West 8th St.
LA CA 90017

직원 채용때 국적 물었다가…
한인업주 '벌금 폭탄'

인천주 *(손글씨)*

배상금 포함 1만6000불

맨해튼에서 세탁소를 운영하는 김모씨는 두 달 전 라티노 커뮤니티 신문에 구인광고를 냈다가 혼쭐이 났다. 광고를 보고 전화를 한 라틴계 여성과 통화하던 중 '어느 나라에서 왔느냐'고 질문했다가 '인권 침해'를 당했다며 소송을 당한 것. 그는 최근 법원에서 피해 여성에게 1만1000달러를 배상하고 벌금으로 뉴욕시에 5000달러를 내야한다는 판결을 받았다.

연방 고용기회 평등법(EEO)에 따르면 직원 채용시 국적은 물론 성별, 종교, 인종, 신분, 결혼 유무 등을 직접 묻는 것은 위법이다. 그러나 많은 한인업주들이 구직 문의가 들어오면 인종이나 출신 나라를 물어보는 것이 예사라서 자칫 김씨처럼 봉변을 당할 가능성이 높다.

김씨는 법정에 가기 전 인권국으로부터 두 차례나 전화를 받았다. '왜 국적을 물었는가'라는 인권국 질문에 김씨는 "별뜻없이 관례적으로 물은 것"이라고 대답한 것이 화근이 됐다. 인권국이 김씨와의 통화 내용을 녹음했다가 법정에서 증거 자료로 제출한 것. 급기야 김씨는 법정에서 선처를 호소했지만 "이미 증거가 있다"며 거절당했다.

이에 대해 상법 전문 에드워드 정 변호사는 "한인 업주들도 쉽게 실수할 수 있는 질문들이기 때문에 직원 채용을 위해 구직희망자를 인터뷰할때는 각별한 주의가 필요하다"고 강조했다.

이밖에 전문가들은 구인광고에 흔히 볼 수 있는 '시민권·영주권자 구함'이란 내용들도 이민자에 대한 차별로 여겨 위법이 된다며 주의를 당부했다.

장연화 기자·뉴욕=강이종행 기자

'직장내 괴롭힘' 무시→헛소문·야유→폭력 순

갈수록 심각… 초기에 끊어야

직장 내 괴롭힘은 거의 알아차릴 수 없게 시작돼 어느 순간 갑자기 커져서 심각해지므로 초기에 도움을 구해야 한다고 독일 전문가들이 충고했다.

뮌헨의 정신과 개업의 페터 토이쵈이에 의하면 직장 내 괴롭힘은 처음에는 동료 직원들이 특정인을 무시하거나 일에서 배제하는 것으로 시작된다.

그 다음에는 동료들이 그에 대해 헛소문을 퍼뜨리고 놀리고 야유했다. 그 다음 단계는 의도적으로 잘못된 정보를 주어 실수를 하게 하고 이를 다시 비난하는 것이며 극단적인 경우 피해자는 물리적 폭력을 당하기도 한다.

이렇게 인격적으로 무시와 모독당했을 때 영어 때문에 말귀 못알아듣는다고 인종적 학대당했을 때 신고하세요.

법도 새로 생기기도 하고, 바뀌기도 하고(2006~2009)

① 음주운전으로 적발이나, 검거되거나, 혈중 알콜 Test 거부할 경우 '차'를 5~15일간 압류당하게 됩니다.

② 2006 July부터 시행된 법입니다. 4,000달러 이하 중고차를 구입했을 때, 많은 결함이 생긴다면 차수리, 내부 부속, 20일 안에 사용료만 250달러 주고 취소할 수 있습니다. 새로운 법이 만들어졌습니다.

③ 길가 주차되어 있는 'For Sale XXX' 써 붙인 차는 위법입니다. 길가 주차시킬 수 없습니다.

④ Can 따는 소리도, 거품 넘치는 소리도, 해변에서 술 마실 수 없습니다. Open되어 있는 물병도 때론 조사합니다.

⑤ 해변용 오토바이가 경찰차다. 담배 냄새, 술병 따는 소리로 검거합니다.

⑥ 해변에서 맥주 한 모금 Ticket 값이 110달러입니다.

⑦ 모래사장에서 Suntan하다 잠들면 경찰에 검거되어서 Drink Test 받는다. 음주 측정기로 Test해서 거부하면, 추방도 당합니다.

⑧ 개인 집 마당에서 고성방가는 안 됩니다. 방에서, 가라오케 Sound도 방음 장치가 안 되서 소리가 밖으로 나왔을 때는 검거됩니다. Party도 Permit 받아 밤 1시까지 고성방가하여도 됩니다. Permit이 없으면 자정 12:00까지 노래 · 춤 Party를 할 수 있으나 자정 12:00가 넘으면 고발당합니다.

직장에서 돈내기하면 벌금형

'아놀드 슈왈츠제너거' 주지사의

① 가주법 128 법안 중 하나 AB-58 CB-18, AB-412

② 도박 주모로 Sport 경기를 직장에서 선수 응원, Team 응원 등 동료끼리 돈내기했다면, 벌금이 1,000달러나 됩니다. 도박 주모자란 이름 아래 경범죄가 적용됩니다.

　3년 전 Riverside 산장 식당에서 여성 Bartender가 축구 경기 보면서 이기는 편에게 돈을 주기로 하고 5달러씩 걸어 50달러 만들어 응원했는데 이는 '도박 주모' 혐의로 검거되었습니다.

③ 단순 규제, 규칙, 위반은 250달러로 낮추었다 합니다.

　1,000달러가 큰 액수이기 때문에 사행심(Speculative)이 아니라 즐기기 위한 놀이라도 벌과금은 1,000달러입니다. 때론 액수가 크기에 250달러나 될 때도 있습니다.

종업원 상해보험 가입 안 한 업주

종업원 상해보험 가입하지 않은 업주에겐 벌금이 1인당 1,000
~1,500달러가 됩니다.

① 아놀드 슈왈츠제네거 법이라고 합니다.
　마크 디사 우니어 주상원 의원, 콘트라 코스타 민주당의 노동자
　보상법안 SB 313에 서명을 했습니다. 최고 벌금은 현행 100,000달
　러입니다.

② 가주 노동법에 따르면 종업원이 1인이든 10명이든 주정부로부터
　인가받은 보험회사를 통해 상해보험에 가입해야 합니다.

고용주는 상해보험이 없을 때 적발되면 보험에 가입할 때까지 영업
이 정지됩니다. 또한 일하지 않아도 가입할 때까지 월급은 지불해야
합니다. 가족의 경우에도 업소의 주인이 아닌 종업원으로 일한다면
상해보험이 있어야 합니다. 한 명이라도 가입되어야 합니다.

남편과 부인이 아닌 이상 친척일 때는 더 조심해야 합니다. 사람의
마음이 간사하여 옛말에 '화장실 들어갈 때와 마치고 나올 때 마음이
변한다' 고 하니 조심해야 합니다.

애완동물 학대

징역 6Month 받습니다.

① 화난다고 옆에 오는 개나 고양이 발로 찬다던가, 때리던가 하면 학대입니다.

② 어린아이를 차 안에 10분 이상을 방치하면 위법이 됩니다. 벌금 형으로 아이 뺏길 수도 있습니다. 신문에서 간혹 땡볕에 밀폐된 차 공간에 100도가 넘으니 아이는 죽게 됩니다.

③ 동물도 역시 차 안에 두고 들어갈 수 없습니다. Window 1/3 정도 열어 놓으면 된다고 합니다.

＊법안 SB 1806에 의해서 징역 6Month, 아이도 뺏기게 됩니다. 초범일 때 100달러입니다. 동물은 죽게 되면 그 이상이 됩니다.

철새 보호법

시카고 Cups 투수(유○○)는 야구공 던져 새 맞혀 동물 학대 혐의로 조사받고 있다 합니다.

플로리다 데이토나 비치 뉴스저널은 한국에서 온 선수 쟈키 로빈슨 불파크에서 연습경기 중 둥지 속에 있는 물수리에게 공을 수차례 던져 눈에 맞아 큰 부상을 입혔다 합니다.

물수리는 플로리다가 천연기념물로 지정되어 보호하고 있는 새였으며 경찰 조사 결과 수차례 던진 것은 고의적인 행동이라고 밝혀졌습니다. 경범죄로 적용돼 60일 징역형에 500달러 벌금형에 처해지게 되었습니다. 부상당한 새는 인근 병원에서 치료받는 중이고 새 둥지는 망가져 있었습니다.

새 눈이 피범벅이 되었다네요. 로마에 가면 로마법을 따르세요. 동면 들어가는 뱀 잡는 망사망, 잔인합니다. 동면에서 깨어나 알 낳으러 나오는 개구리를 망태기로 잡은 수백 마리의 개구리들, 정력에 좋다고 판다지요.

운동 열심히 하시죠. 먹는 사람이나 파는 사람 모두 잔인해 참으로 신문에 날일입니다.

연방 철새 보호법이 적용될 때는 벌금이 45,000달러가 됩니다. 징역형도 있습니다.

Michigan에서 일어난 사건
마이너리그 싱글A 데이토나 컵스 투수로 뛴다는 게…

만약 물어봤다면 인권에 신고하세요.
잘 정리하여 편지를 쓰셔서 먼저 한국어로, 다음 영어 번역.

직원 채용할 때 국적 물어보지 마세요

위법이고, 고소도 당합니다. 배상금도 물어야 하고 벌금도 내야 합니다. New York Manhattan에서 세탁소를 운영하던 Kim 아무개는 신문광고를 냈는데, 광고 보고 전화한 사람에게 어느 나라 사람이냐고 물었답니다. 어느 나라냐고 물으면 인권침해가 됩니다.

상담은 가게로 오라 해서 만나 보십시오. 어느 나라 사람이냐는 상담에는 삼가십시오. 연방 고용기획 평등법(EEO)에 따르면 직원 채용 시 국적 물어보는 것, 성별, 종교, 인종을 물어보는 것은 위법이라 합니다. 이것이 위법인 것 모르고 어디 출신 학교, 나라 등을 물어본답니다. 위법입니다.

생각없이 물었다가 인권침해로 소송을 당했다고 하는데 벌금이 11,000달러에 뉴욕시에도 5,000달러 내야 합니다. 김씨는 법정 가기 전 인권국으로부터 두 차례나 전화가 걸려와 녹음되는 전화다 하며 국적을 물었는가? 라고 인권국 직원이 두 번이나 물었다 합니다.

별 뜻 없이 관례적?(한국에서 Where?) 물어보았다고 대답했답니다. 그것이 녹음되었고 위법인 줄 알았다면 전화가 왔을 때 사과하고 선처를 바랬어야 했는데… 위법인지 몰랐으니까요. 또한 '시민권자, 영주권자 구함' 이것도 처벌 대상이 된다 합니다.

번거롭지만 직접 대면하는 Interview가 그 외 여러 가지가 있을 텐데 좀 잘못된 것 같습니다.

절대 삼가하세요.

청년이 마리화나 소지로 체포되면?

형사법 : Pend Code에 적용됩니다.

Welfare and Institution Code

Welfare 복지 및 공공조직에 적용됩니다.

때론 형사법도 적용되나, 19세 이하인 경우 청소년 법원에서 재판 받게 됩니다.

① 초범일 때는 집행유예 기간 동안 보호감찰과의 보호와 감시를 받게 됩니다. 다시 소지하지 못하게 방지하기 위함입니다.

② 마약 Program에도 등록해야 합니다.
   상담자 : Counsellor와 상담도 받아야 합니다.

③ Counsellor의 한마디로 판사의 결정이 판가름되니 자주 상담받고 노력해야 합니다. 열심히 동참해야 할 것입니다.

④ 집행유예 때는 학교 가는 것이 허락됩니다. 밤 10시엔 외출이 법적으로 안 됩니다.

⑤ 수색영장 없이 학생 방을 수색할 수 있습니다.

현대판 장발장 잔인한 법

　North Carolina주에서 35년 복역한 사건이 1970년대 있었던 것인데 흑백 TV 훔치고 35년 복역한 현대판 장발장 사건이 있었습니다.

　140달러짜리 TV 훔친 죄로 너무 끔찍하고 너무 무서운 형량이라 신문에 나기까지 했던 사건입니다. 이런 형을 내린 잔인한 사람이 어떤 사람일까 했답니다. 재판에 회부까지 되어 종신형 선고까지 내렸다 하는데 존슨 County 배심원단이 선고했다고 하는데 이 배심원에 참석한 사람들은 자식이 있는 사람이 없었던 것 아닐까 싶습니다.

　사람을 죽이고도 35년 징역 살지 않는데 140달러짜리 TV를 훔치고 35년 징역형을 내린 이들은 마음이 편했습니까? 빵 한 조각 배가 고파서 훔친 장발장은 소설이지만 이것은 실화이니 어처구니가 없습니다.

　세상에서 제일 무서운 게 사람이라 했습니다. 또한 잔인하기도 한 것이 사람이라 했습니다. 보석 신청도 25번이나 했다는데요. 보석 신청받은 사람들은 서류를 들쳐보기라도 했을까 의심스럽습니다. 이것이 법입니까, Power입니까?

　26번째 보석 신청이 되어 MR 주니어 보런은 65세가 되어 가석방되었답니다. North Carolina주의 존슨 County에서 무서워서 살 수도 없겠네요.

아이를 물어 버린 개도 정당방위

New Zealand에서 있었던 사건입니다.

4세 된 남자아이가 개에게 물렸다 합니다. 그 이유는 목격자의 설명에 의하면 겁도 없이 큰 개에게 '고환'을 손으로 세게 잡아당겨서 못 살게 굴었다고 합니다. 개가 화가 나서 아이 볼이 찢어지는 상처가 났답니다. 물어서 신경조직이 손상되어 입술이 다물어지지 않아 나중에 다시 수술을 받아야 한다고 합니다.

개가 아이 물은 것은 정당방위라 했답니다. 개도 참다 물었겠죠. 증인이 있어 도살 처분은 면했답니다. 말 못하는 이 큰 개가 얼마나 힘들었으면…

지적재산권(PROPERTY RIGHT)

① 특허 : Patent
② 상표권 : Trade Mark
③ 저작권 : Copy Right

생각 없이 이 세 가지 중 하나 사용했다면 상대로부터 고소당하게
되어 있습니다. 형사소송은 안 되지만 민사소송이 되어 손해배상청
구를 당하게 됩니다. 액수는 그때 상황에 따라 다릅니다.
고의적인 사람은 고소당하고 몰라서 쓰는 경우도 있습니다.

저작권 위반했다면 저작권 소유자가 손해 봤다면 손해액과 그 이상
의 피해 보상도 해야 합니다. 법적으로 들어가니까 피할 수는 없을 것
입니다.
저작권 : Copy Right Act와 공정거래 : Un Fair Competition 15 USC
#1125 등에 고의적인 저작권 침해 경우, 혹은 위반 상황에 벌금은
150,000달러까지 배상이 법적인 한계선입니다.
이것은 건수당 해당되는 금액이니 정말 조심해야 합니다. 10곡의
노래 다운로드한 여대생 사건을 설명한 적이 있습니다. 앞에서 920,
000달러나 물어야 할 판이라는데 법적으로 위반 사용해서 손해를 입
혔으니 소송을 당해서 만약 졌다면 그것에 따른 변호사비 그 외 여러
가지 지출된 것까지 갚아야 합니다.

법적인 문제입니다.(얼마 전 표절 시비에 몇 백만 달러 벌금이었던 신문기사가 생각납니다) 또한 체류 신분(영주권 소유) 형사 판결을 받게 되면 범죄(Crime Off Moral Turpitude)라 추방도 당하게 됩니다. 순간의 욕심에, 몰라서 했다면…

문제가 발생했다면 신속하게 상대와 협상을 해야 합니다. 내 지적 재산권을 도용당했다면 어떻겠습니까. 모방품인지 판매하기 전 알아보는 것도 상식입니다.

또한 알면서도 팔았다면? 그것은 심각한 문제가 되겠죠?

* 소설, 논문 등 피해액만큼 손해배상청구할 수 있다 합니다.
  Internet에서 노래 Down받아 가져가면 한 곡당 8,200달러가 청구됩니다.
  지적 재산권을 신청했는지요? 집이나 부동산, 자동차, 소유권이 있는 것을 가져간다고 합니다.

3,000개 넘는 특허

New York에 사는 어떤 한국 분이 20여 년 가까이 지적재산권을 신청하여 3,000개 이상 소유하고 있다 합니다. 그것만 빌려 주고 받는 수입이 엄청납니다. 취미로 모은 것인데 나중에 Business로 전향했다 합니다. 특허신청은 350~600달러까지라 했는데, 신청하면 3~4Month 걸린다고 합니다.

무자격 법정 통역(No Permit No Translation)

변호사 비용 아끼려고 고용한답니다.

Permit이 있는지 물어봐야 합니다.

Small Crime Court에 그냥 통역 부탁해도 된다 합니다.

백만 달러 재판에 무자격 법정 통역을 채용했다는 것도 이해가 안 되고 Permit도 없으며 그 큰 Case에 통역관 행세했다는 것도 이해가 안 됩니다.

결국 재판을 다시 해야 했다고 합니다.

한인전문통역사협회 : KPIA에 따르면 통역관이 모자라는 상황이라고 합니다.

* 형사사건에서는 피고가 무료 통역사를 청할 수 있지만 민사소송은 의뢰인이 비용을 지불해야 한다 했습니다.

* 가주 법정 웹싸이트 : www. court info california government
공인 법정 통역사들의 정확한 정보를 공시해 줍니다. 한국어 통역사는 현재 61명 정도 있다고 합니다.

* 상대방 변호사가 자격증이 정지된 상태에서 변호를 했기 때문에 새로 선임된 변호인단이 이것을 이유로 재심 청구한 것이 무자격 법정 통역사라 재판을 다시 하며 잃었던 백만 달러를 되찾게 되었다 합니다.

가짜 변호사, 박탈당한 변호사, 실력 없는 변호사, 사기 치는 변호사, 거짓말투성이 변호사 등 얼마나 많은지 헤아릴 수가 없습니다.

통역관 잘못 선택해 경비 없애고, 다 이긴 재판도 지게 되고, 또 다시 해야 하는 오류를 범하지 마세요.

이 Case는 판사가 무자격 통역관의 엉터리 통역을 알아서 무자격 통역사 해고시키고, 변호사도 엉터리였을 것입니다. 무자격 통역사를 채용했으니까. 다시 재판을 하게 하여 잃었던 110만 달러 찾게 되었다 합니다. 감사한 판사님!

음주 기록 2009

음주 기록 10년까지 범죄자 낙인이 됩니다.

2007년에 비해 2,043명 중 한인이 883명이라는 것입니다.

(음주문화 고쳐야 한다고 생각합니다. 2006년엔 510명이었는데)

＊ 상습범에겐 면허증 영구 박탈 추진한다고 합니다.

음주운전으로 적발되면 차량에 음주측정기 달아야 합니다. 음주측정기 다는데 1,000달러 정도 비용이 듭니다.

사람을 죽게 하면 15년 종신형에 처합니다.

음주운전 벌금은 초범일 때 7,900달러, 재범일 때 17,650달러입니다.

＊ 2009년 11월 심야 불법 영업에 대하여 처벌 강화하겠다고 합니다.

◇음주운전 적발 비용

횟수	초범	재범
술값	150달러	150달러
토잉	200달러	200달러
차량보관료	50달러	1500달러(30일)
변호사비	1000~2000달러	2000달러 이상
벌금	390~1000달러	1500달러 이상
음주운전학교	700달러(12주)	2000달러(78주)
보험료 인상	1000달러 이상	2000달러 이상
면허정지에 따른 교통비 및 시간	＊20달러(90일)	＊20달러(365일)
음주측정기설치	1000달러(내년 7월 시행)	1000달러
계	7900달러	1만7650달러

유전자 정보 차별금지법

직장에서 개인 유전자 정보를 이용해 고용이나 승진할 때 불이익을 주는 것이 금지되었습니다.

의료 보험사들이 단체보험 가입이나 보험료 산정할 때 유전자 검사를 요구할 수도, 유전자 정보를 차별할 수가 없습니다.

New York Times는 유전자 정보 차별금지법이 시행되었다고 합니다.

① 15세 이상 직원 채용시 유전자 정보 검사 결과를 요구할 수 없다고 합니다.

② 또한 가족 병력 제출을 요구할 수가 없습니다. 이는 암이나 특정 병에 걸릴 위험이 있는지를 알 수 있게 검사하는 것입니다.

차사고 났을 때

① DMV와 SRI에 Report해야 합니다.

② 손실액이 750달러 이상일 때

③ 사람이 다쳤을 때

④ 반드시 DMV에 10일 내에 Sri Form을 제출해야 합니다.
상세히 사고경위, 내용, 위치, 어떻게 등 상대방 Information을 정확하게 보험사 주소, 전화번호 등 Report하여 교환합니다.

⑤ Sri Form을 보내지 않으면 운전면허 정지 처분받게 됩니다. 경찰이나 보험회사에서 대신해 줄 수 없는 것이면 직면한 당사자가 해야 하는 문제입니다.

⑥ 단 법정대리인이 해 줄 수 있습니다. 차 사고 나면 경찰 Report가 원칙입니다. 사고경위를 즉석에서 Report하는 것이 원칙입니다. 사고경위, 위치, 어느 쪽의 실수였다, 누가 피해자라고…

Hand Phone이나 사진기가 있으면 사진 찍은 다음에 차를 움직여라. 차를 치우면 증거가 없어서 거짓 증언할 수 있습니다.

Insurance와 Drive License 교환하지 않겠다는 상대방이 있을 때는 911에 전화 걸어 설명하고, 차 뒷번호판을 사진 찍든가 적어 놓아야 합니다. Sri Form은 보험회사에서 얻을 수 있습니다.

Home Page에서 찾아 보세요. (www.dmv.ca.go)

차보험 증서

① 보험료가 미납되어 보험 가입이 취소되었거나

② 갱신되지 않았을 때 DMV로부터 운전면허증이 정지됩니다.
차보험 가입시 보험사로부터 DMV로 통보하기 때문에 보험료 지
불치 않으면 운전면허가 정지됩니다.

③ 난폭 운전 남의 생명에 위협 줄 때

④ 음주운전

⑤ 법적으로 적용된 속도(Speed Limit)를 초과하든가 법을 위반했을 때

⑥ 차 보험이 없는데 적발되었을 때

이 모든 것 중 하나가 적용되면 면허가 정지됩니다.

2008년 7월 14일 차 보험료

산정 기준은 거주지 기록 변경시

보험료는 운전 기록을 가지고 있어도 운전자의 거주지역, 성별, 결혼유무에 따라 큰 차이를 보여 왔습니다.

LA Downtown에서는 보험료가 비싸서 다른 곳의 친인척 혹은 친구 등 주소를 이용해 보험에 가입하여 보험료를 조금 싸게 이용합니다.

2008년 7월 14일부터는 운전사가 사는 곳에 Point를 두지 않고 사고를 자주 내던가, 교통 위법이 자주 있던가 등 운전 기록에 따라 보험료가 정해지게 되었습니다.

무사고 연령, 운전 경력, 운전 거리, 운전 기록 기준으로 보험료가 책정된다 합니다. 이 시책은 보험 가입자는 50달러 정도의 혜택을 받게 됩니다.

보험국장 스티브 포이즈너 씨는 자동차 보험료는 운전자가 어디에 사는지가 아니라, 무사고 운전 경력이 좌우된다고 합니다.

운전 중 전화나 문자 메시지 사고

호주 사상 최고인 155명의 사상자가 발생한 2008년 채스워스 메트로링크 열차 충돌사고 현장 모습. 〈AI〉

이 사진 기억하시지요? 벌금이 적다고 했습니다. 운전석 유리에 선 팅이 너무 검어서 잘 보일 것인가?

위험한 문자 Massage, 화장하는 것(Eye shadow), 뭔가 Spoon으로 먹는 것, 운전 중 전화 삼매경 20Mile로도 못 갑니다.

2008년 10월 Metrolink 운전기사가 문자 메시지에다 열차 충돌 사고 16Month 조사로 연방교통안전위원회(NTSB)는 적신호도 보지 못하고 문자 메시지 보내다 화물차와 충돌하여 자그마치 155명의 사상자를 냈고 자기도 죽었으니… 또한 치료비는 얼마나 썼을까요? 20대 고치는데 100만 달러 이상을 소비했다고 합니다. 그리고 휘어진 선로를 고쳐야 했었고 보상금도 주었을 것입니다.

영어 써야 한다는 업체는 위법

박 지부장은 이어 "한인들의 경우 저임금 노동자들에게 영어사용을 요구하며 무시하는 경우가 많다"며 "자칫 인종차별적인 행위로 고발당할 수 있는 만큼 신중하게 행동할 것"을 조언했다.

한편 EEOC LA지부에 따르면 지난 2008회계연도 기간 동안 차별행위로 기소된 총 1만601건 중 13%가 직원에게 영어만 사용할 것을 강요하다 고발조치됐다.

고용주가 직원에게 영어 쓰라고 강요할 수 없습니다. 위법이라 처벌받습니다. 직장 내 영어 외 모국어 사용이 허용된다 합니다. 법적으로 만약 쓰지 못하게 하면 인권법(Human Right) 위반이 됩니다. 만약에 위반시 그 벌금이 가히 450,000달러나 되니 조심해야 합니다.

스킬드 Health Club의 Latin계 직원 35명이 소송을 제기했습니다. 450,000달러 보상하라는 판결이 났다고 합니다. 그래서 일인당 12,850달러가 배당되었습니다. 이 직장에선 영어만 사용하라고 했답니다. 만약 어기면 승진도 임금 인상도 안 된다고 했답니다.

이 스킬드 Helth Club은 가주와 Texas 등, 80여 곳에 Nursing Home을 운영하는데 환경미화원이 영어 쓰지 않아 해고되면서 연방고용기회균등위원회(EEOC)에 인종차별이라며 고발했습니다.

EEOC(Employ Equal Opportunity Committee) 고발한 40여 곳 직원 35명이었습니다.

유급 휴가

휴가를 사용하지 않으면 현재 임금으로 계산해 지불해야 합니다.

사정이 여의치 않아 유급 휴가를 사용하지 않으면 Owner는 임금 가산해서 지불해야 합니다.

법적으로 줘야 하고 받을 권리가 있습니다.

나무가 집을 덮쳤을 때

21일 폭풍우로 쓰러진 나무로 인해 주택과 앞뜰에 피해를 입은 벤투라 카운티의 주택소유주가 피해 상황을 촬영하고 있다.   〈AP〉

　자연 재해 폭우로 나무가 집 위로 쓰러졌을 때, 주택 보험의 폭우 피해 보상을 받게 됩니다. 500~1,000달러까지. 또한 나무만 쓰러졌다면 주택 소유주가 부담해야 합니다. 지진·홍수 보험은 대개 Bank에서 받는데 Loan할 때 가입해야 합니다. 홍수 보험 피해는 Cover하지 않습니다.

　· 배수관이 막혀 발생한 피해는 홍수 보험에 가입되어야 보상받게 됩니다. 집안까지 배수관이 막혔을 때도 마찬가지입니다.

· 언덕이 무너져 흙더미가 집을 덮치었다 해도 보상받을 수 없습니다. 산사태 진흙사태는 주택 보험, 홍수 보험을 가입했다 하여도 보상받지 못합니다.

· 주택 보험으로 지붕, 창문, 문, 지붕이 파손되었던가, 또한 주택이 벼락맞아 피해를 입었다면 보상받을 수 있습니다.

· 강풍, 폭풍, 토네이도로 크게 피해를 입었다면 주택 보험이 Cover 해 줍니다.

· 주택 보험 들 때 Fence가 무너지면 고쳐 준다는 항목이 있는지 확인하고 가입해야 합니다. 없으면 보상받지 못합니다.

전복 마구 딴 한국인

채집량 규정을 어겨 벌금이 4,000달러 정도 낸 사건입니다.

Washington 부셀른 매지스트레이트 법원은 박모씨(50), 조모씨(45)에게 3,639달러 벌금이 부과되고 박모씨(41) 여성은 3,999달러 벌금을 부과했다 합니다.

Washington South West 수산 당국은 던스보로 해양 경찰은 하루 20개 따야 하는 전복을 300개나 넘게 땄기 때문입니다.

1월 1일 횡재한 줄 알았겠지만…

무엇이든 자연에서 가져오는 것은 시에 물어보고 하셔야 합니다. 무엇이든지 법과 연결되어 있습니다.

전복(Abalone)

California 주 시민은

① Fishing License를 내야 합니다. 1Year 41.50달러 Permit

② 타주 사람은 1year 111.85달러

③ Abalone Report Card 1year 19.95달러

④ 크기는 7inch에서 좀 더 큰 것으로 3개 이상은 금지. 작은 것을 땄을 때는 바다에 도로 넣어야 합니다. 벌금도 책정되었습니다. 그래서 미국은 무궁무진(Unlimited)한 자원이 있습니다.

⑤ 한 번 License 내면 매년 License 내라고 고정적으로 보내 줍니다.

⑥ 벌금 액수는 Judge에 따라 그 지방에 따라 초범이냐 재범이냐에 따라 액수가 정해집니다.

⑦ Fishing License 및 Abalone Report
Car 판매점은 Big5, Cris Drug's, Tripty Drug's, Target, Wal mart, Outdoor world

⑧ California Department of Fish and Game
4665 Lampson Ave
Los Alamitos. LA 90720
Tel 562-342-7150

PS : 산에서 풀 뜯고, 나무 꺾고, 꽃을 꺾어서 들고 내려오다 Sheriff 에 들키면 벌금도 물어야 하고 때론 재판도 받는다고 합니다.

그래서 고사리 철엔 신문에 나고 입산 Permit도 내야 합니다.

우리 한국에서도 이런 법이 생겼으면 합니다. 산에 풀이 없고, 나무 도 가시같이 말라 있고 큰 나무를 보지 못했습니다. 너무 불쌍하고 잔 인해 보입니다.

사생결단! 죽기 살기로 돈 되는 일은 죽음도 불사합니다.

우리나라 국회는 이씨네 박씨네 김씨네 옛날 당파 싸움하듯이 편 가 르지 말고 나라 위해 싸움이나 하시죠. 역사의 뒤안길이 끔찍합니다.

정치가 세상에서 제일 더럽다고 했는데 그게 다 돈과 결부되었으니 부끄러운 일입니다. 신문 들췄다면 부정 부패, 사기, Tax 포탈⋯ 여기 에 얼마나 나열해야 할까요.

2009년에 새 법, 헌법 수정 등 필요에 의해서 600개 이상이 만들어 졌고 시행되고 있는 것이 3억 명의 미국 인구를 다스리는 게 아닐까 요. 한국은 몇 명입니까?

Los Angeles의 한 County가 South Korea보다 더 크다 했습니다. 50 주를 다스리려면 법이 강해야겠습니다. 그 벌과금도 역시.

제2부
지켜야 할 여러 법률과 사건 설명

주요 법안들

선한 사마리안 보호 확대안

① AB 83 : 응급상황에 처해 있는 사람들을 보호해 주는 것입니다.

② SB 670 : 어류 보호와 강물 오염을 방지하기 위해서 강이나 개울 가에서 금을 캐기 위해서 펌프를 이용해 땅을 파는 행위를 금지 합니다.

③ SB 669 : 성범죄자 단속 강화.
성범죄자가 정신 치료를 거부할 경우 재판에서 범죄 성향을 영원 토록 가지고 있다는 것, 고쳐지지 않는다는 증거로 정신 치료를 받아야 하는 것입니다.

④ AB 1179 : 차량 보험 지원안.
자동차 보험회사는 자기네가 지정한 정비소에서만 고치는 것이 아니라 고객이 원하는 정비소에서 고칠 수 있다는 것입니다.

⑤ SB 218 : 법원 수수료 지원안.
재판 과정에서 원고가 정부기관의 기록을 열람하거나 요청해야 할 경우 들어가는 수수료를 부담시킬 수 없도록 하고 있습니다. 지금까지 주정부는 관련 비용을 원고 측에 부담시켜 왔었습니다.

이 모든 법안이 5명의 상원 의원이 그 주에서 필요한 법을 통과시킨

것으로, 우리나라도 옛날 법에만 매달리지 않고, 새 법을 만들어 사용하면 좋겠다고 생각합니다.

　모든 술 취한 사람은 거의 만취로 의식이 없다 합니다. 만취하면 길가에 누워 자기도 하고, 모르는 사람에게 시비도 걸고, 때리고, 부수고, 행패도 부리고, 경찰도 때리고, 경찰서에서 기물 파괴도 하고 있으니 법과 벌과금을 미국과 같이 무겁게 하면 어떨까 하는 생각이 듭니다.

　술 취해 어린아이에게 강간을 해서 일생을 망가트린 것은 사회적 문제이며, 크나큰 범죄임에도 술에 대해선 너무 관대한 우리 풍습과 법이 하루속히 바뀌어야 한다고 생각합니다.

대형 쓰레기

본인들 쓰레기 중에 큰 옷장 더러운 것, 음식찌꺼기 등, 남의 집 정원에 갔다 버리는 사람들도 있습니다. 담장 안쪽 정원에 버리는 사람은 정신 병력이 있다고 봐야겠습니다. 큰 쓰레기는 전화로 물어보고 예약하세요. 남에게 불편 주지 마세요.

LA 전화

① 800-773-2489 신고번호(7:30 Am~4:45 Pm)
② 대표 전화 311
③ E-Mail은 SAM Call Center LA City org
④ www.lacity.org/sam

낡은 소파, 책장, Furniture Else, TV, 가전제품, Matress, 냉장고는 문을 분리시켜야 합니다. 때론 골목길에 냉장고, Stove, 가져가는 개인 차가 있는데 그곳에 Memo 남기세요. 전화해서 가져갑니다.

만약 몰래 버리다 들키면 Ticket도 받고 벌금은 5,000달러나 된다고 합니다. 몰래 남의 집 앞에 버리는 사람은 기분이 어떤지 묻고 싶습니다.

*LA 시 공공장소에 쓰레기 버리다 들켜 Ticket 받은 사람이 723명이나 된다고 합니다. 때로는 6Month형까지 받는다고 합니다.

LA 시는 수도전력국에서 'BIF' 란 명칭하고 64센트씩 받는다 합니다.

① Burbank (818) 238-3805 / (818) 238-3800 대형 쓰레기

E-Mail : Bulkyitemcollection

Ci, Burbank, Ca, US

예약 날짜, 시간, 꼭 받으세요.

② Glendale

(818) 548-3916(수집일 문의)

웹싸이트 : www.ci.glendale. ca

Us-Public : wark's - Bulky

item, collection. ASP

3일 전에 전화(웹싸이트를 통해 예약하고 버리는 물건이 무엇인지 설명합니다) 7 Am~7 Pm.

③ Pasadena

가구당 1년에 2Time's 무료로 대형 쓰레기 처리 Service가 됩니다. 2Time's 이상 버릴 때는 35~125달러 비용을 내야 합니다.

(626) 744-4087

④ Diamond Bar

일 년에 4Time's 버릴 수 있습니다. 3입방야드(yd3) 초과시 10~15달러 추가 요금을 내야 합니다.

이 지역은 Computer, Monitor, Radio, Cell Phone, Printer 등 전화 제품들은 환경보호 차원에서 신고를 반드시 하고 버려야 합니다.

주택용 (909) 599-1274, 상점 APT, Condo 등 (800) 442-6454

⑤ Torrance

일 년에 단지 한 번만 무료 수거합니다. 쓰레기 수거일 1주일 전에 전화 예약하고 쓰레기통과 약 152con 떨어진 곳에 놓아야 합니다.

(310) 781-6900

⑥ 컬버 City

2차례 대형 쓰레기 수거, 매수 Tue, Wed, Thur, 3일간 수기해 줍니다.

· 1주일 전에 예약해야 합니다.

· 3입방야드(yd3)까지 허용됩니다.

· 이 이상일 땐 Item별로 25~30달러 Charge하고 최대는 38~45달러로 추가된 비용이 있습니다.

Air Conditioner, Refrigerator, Washer 등은 50~60달러 받습니다.

(310) 253-6400

⑦ Walnut

매주 토요일마다 무료로 대형 쓰레기 수거합니다. Fri. 6 Pm~7 Am부터 Sat에 주소 Item을 설명하고 예약해야 합니다.

만약 시간을 놓쳤다면 마당에 들여놓았다가 다시 예약하고 내놓습니다.

(800) 442-6454

LA County 비(Non) 자치지역(Unincorporated Area)

비 자치지역에 사는 주민들이 대형 쓰레기를 버리려면 County 쓰레기 처리지구(GDD)에 거주하는 경우는 거주민들로부터 처리 비용을 받고 있어 수수료 요구하지 않습니다.

반면 GDD에 거주하지 않은 주민들의 경우 수도세, 고지서에 적힌 쓰레기 처리 회사 전화번호가 있으니 그곳으로 연락하세요.

살고 있는 주소를 먼저 제시하시면 날짜를 정해 줄 것입니다.

웹싸이트 : ladpw-org/epd./Gdd

Districinformation. CFM

GDD (800) 404-4487

고발자는 신원이 공개되지 않으며, 별도로 조직된 감사팀이 조사합니다.

공무원 비리 고발

LA 시정부는 공무원 비리를 뿌리 뽑겠다고 Fraud Hot Line 사기 고발을 운영합니다.

회계감사국에 따르면 공무원과 관련된 서류 위조, 절도 범법행위, 시의 여러 장비를 사적으로 사용 등 시의 직원 관련 비리 고발

① 직원 보상 : Program Fraud Hot Line 877-742-5352

② 윤리위반회(Morals) 800-824-4825

③ 일반 불만사항 213- 473-3231

④ 사기 고발(Fraud Complain) 866-428-1514

⑤ 웹사이트 : www.lacity.org/ctr/fraud

Hot Line(Ht M) Online 신고 Complain이 접수되면 회계감사국에서 조사합니다.

낙서

정말 골치 아프고 속수무책(Helplessness)이죠.

낙서는 법적으로 부모도 같이 처벌받습니다.

Spray, Paint 판매한 소매상도 처벌받습니다. LA 시 검찰은 낙서를 지우기 위해서 지출되는 경비가 연 600만 달러가 넘는다고 합니다. LA 시는 낙서와의 전쟁을 선포했습니다.

낙서하다 걸린 청소년이 집에 많은 양의 Paint가 보관되어 있으면 부모도 형사법으로 처벌받게 되고 Paint 판 사람 즉 Shop도 역시 처벌을 받습니다.

벌금이 2,500달러에 1년 징역형이 내릴 수도 있습니다.

Paint 칠로 인해 재산이 손해 입었다면 보상받기 위해서 민사소송이 제기될 수도 있다고 합니다.

미국의 성추행 형벌

Very Strong합니다, 그 처벌이.

아이가 아무리 예뻐도 엄마 외의 허락 없이는 만질 수 없습니다. 쳐다볼 수는 있어도 예쁘다 하여 마구 만지면 성추행으로 오해받게 됩니다.

아이를 쓰다듬어 주는데 울었다면 오해받을 수 있습니다. 아이 보호자 앞이라면 얼른 사과하세요.

한국인은 사과하면 큰일이 나는 줄 압니다. '옛말에 방귀 뀐 놈이 성질낸다' 라는 말이 있듯이 마치 자존심에 무슨 상처를 받는 것같이 본인이 잘못했을 때 즉시 사과는 못하고 성질만 냅니다.

얼마 전 이런 사건이 있었습니다.

성추행당하면 경찰 Report하세요. 그리고 담당 변호사에게 의뢰했으면 처리될 때까지 기다려야 합니다. 이는 형사재판으로 갈 수도 있으니까요. 성추행한 사람이 여대생에게 연락하여 보상금과 합의금을 주겠다고 하며, 법적인 문제를 취하하라고 하여 나갔는데, 오히려 여대생이 돈 달라 하고, 협박까지 받았다고 경찰에 Report를 받았기 때문에, 경찰에서는 성추행에 돈 갈취범으로 몰리게 되었다는데요. 어리석은 여학생은 성추행당한 것도 의심받게 되었다니 누가 정당할까요?

일단 경찰, 변호사에 일임했으면 그것에 따라야 한답니다.

① 미국 법에 형사법 합의제는 없으며, 법원만이 피해 보상을 결정할 수 있습니다.

② 경관이나 공무원의 무기를 강탈하는 행위에 처벌이 강화됩니다.

③ 스토킹 피해자가 법원 보호를 신청할 수 있는 법안도 통과되었습니다.

가정 폭력

우리 한국 분들은 Drama 많이 보다 낭패 본 사람이 있을 겁니다. 옛날 한국 살 때 스스럼없이 무의식중에 가깝다는 표시로 좋아 죽겠어, 미쳐 죽을 지경이야, 너 죽어 볼래 등, 얼마나 '죽어' 라는 단어가 많이 들어가는지?

그 언행이 어떤 이유에서도 쓰면 안 되는 나라가 이 미국입니다.

"손바닥 맞은 학생에게 254만원 줘라"

법원, 40여 회 때린 교사 벌금형

학생의 손바닥을 수차례 회초리로 때린 교사는 학생에게 손해배상을 해야 한다는 판결이 나왔다.

서울북부지법 민사7단독 정경근 판사는 조모(20·여)씨가 고등학교 교사 노모(52·여)씨를 상대로 낸 손해배상 청구소송에서 치료비 154만원과 위자료를 합해 총 254만원을 지급하라며 원고 일부 승소 판결했다고 18일 밝혔다.

재판부는 "교육상 불가피한 경우가 아니면 체벌이 허용되지 않는데, 지각과 결석을 반복하고 과제물을 제대로 해오지 않았다는 이유로 체벌하는 것은 법률에 어긋난다"고 판시했다. 이어 "제자를 훈계하려고 체벌이 이뤄졌다는 점과 피해의 정도를 감안해 교사의 책임을 90%로 제한한다"고 덧붙였다.

서울의 한 고교 교사로 재직하던 노씨는 2008년 11월 제자인 조씨(당시 17세)가 결석과 지각을 자주하고 숙제를 제대로 해오지 않는다며 나무 회초리로 조씨의 손바닥을 40여 회 때리는 등 체벌했다. 조씨는 이 체벌로 양손에 약 3주간의 치료가 필요한 타박상·염증 등 상처를 입었다며 2547만원의 손해배상을 청구하는 소송을 냈다.

이한길 기자 oneway@joongang.co.kr

손찌검 : 부부끼리 매 맞고 싸우고, 너 정말 죽어 볼래, 바가지 긁는 등. 이곳 미국에선 형사 Case가 됩니다. 우리나라에선 큰소리치는 소

리가 담장 밖으로 나갈 수도 있고, 부부 싸움은 칼로 물 베기라고 생각하는 한국의 정서 · 문화.

하지만, 큰소리 나가면 이웃집이 고발하는 것 아셔야 합니다. 일단 고발당하면 입건됩니다. 이때 부인의 대답이 남편의 인생을 좌우할 만큼 형이 무겁다는 것입니다. 공탁금 또한 올랐다 내렸다 하는 것 아시죠. 부부 싸움 손찌검, 욕설, 조심할 문제입니다.

옛날 초등학교 때 배웠습니다. '로마에 가면 로마법을 따라야 한다' 고 이곳 미국의 문화를 따라야 합니다.

부인이 남편 고발하는 것은 치명타입니다. 일생 따라다니죠. 훈계가 아니라 수갑이 됩니다.

수천 달러에서 몇 만 달러의 공탁금도 내야 나올 수 있습니다. 남편만의 행위가 아니라, 부인도 남편 때린답니다.

· 죽어라 표현은 협박이 되기도 합니다.

* 형법 422조항 : Terrorism Threat에 적용됩니다.

중범죄로 기소되면 최고 2년 실형이 됩니다. 장난이라도 '죽을래' 표현하지 마세요. 교육도 받는다 합니다.

물건 훔치는 것

① 우울증에 일부라고 합니다.

② 젊은 여성이 월경(Menstruation, The Mense) 혹은 Monthly Flow(Sickness)라고도 표현합니다. 이때 당황하고 약간은 정신적 부담 때문에 물건 훔치는 충동을 느낀다고 합니다. 이때만은 경찰이 정상 참작하여 준다고 합니다.
성인이 되어서도 Mense 때만 되면 이런 충동으로 일을 저지르는 여성도 많다고 합니다.

③ 높은 위치, 교육자, 주부 등…
순간적으로 많은 Stress를 받았을 때 물건을 훔치다 경찰에 입건되면
A 1,500달러의 보석금 내고 풀려납니다.
B 1,000달러의 보석금 내고 풀려납니다.
2Week's의 사회봉사도 합니다. 죄의 경중에 따라서…

경찰 질문받았을 때

① 이곳 LA는 한국이 아닙니다. 경찰에 항의하면 수갑 채웁니다. 억울하게 Ticket 받게 되면 334 Wilshire Bvad Parking Violation Office가 있습니다. 그곳에 가서서 Court에 가겠으니 Form을 달라 하여 Ticket 가지고 Form을 달라 할 때 보여 달라고 하면 해당되는 Form을 줍니다.

Court에서 그 사건의 우결을 가지죠. 그 검거된 그 자리에서 항의는 금물입니다. 사건이 커집니다. 경찰에 항의한 죄 모든 상황이 법입니다. 법정에서 싸우세요.

경찰에 Stop 싸인이 떨어지면 길가에 차를 세웁니다. 경찰이 올 때까지 손은 운전대 위에 놓고, 경찰이 물어보기 시작하면 답변만 하세요. Drive License 꺼낸다고도 하지 마세요. 경찰이 물어보는 순서대로만 하세요.

전 Yellow light에서 좌회전했는데 경찰차가 따라왔어요. 주차하기 위해서 Signal을 넣고 차를 세웠습니다. 이곳에 주차해도 됩니까? 무엇이 잘못되었습니까? 미안하게 되었습니다. 하고 가만히 앉아 있으니까 Insurance Paper, Drive License 물어서 제시했습니다.

어디 가는 길이냐 하기에 병원 Appointment 시간이 좀 늦어져서 서둘렀습니다. 경찰관 둘이서 서로 말하다 이런 일이 그 전에도 있었냐? 처음이라고 했습니다. Ticket 주면서 조심하시죠 합니다. 10달러 Ticket 값 냈습니다. 화내지 마세요. 아무리 바빠도…

화내면 손해 봅니다. 이곳은 미국 LA입니다. 경찰이 매 맞는 나라는? 한국뿐. 경찰이 욕먹는 나라는? 한국뿐.

② 술 취해 검거되었을 때

경찰이 시키는 대로 하지 않으면 수갑 차고 입건됩니다.

LLPD(Los Angeles Police Department) 형법 #422조에 의함.

③ 범죄 위협 혐의(Criminal Threat)

상대가 위협을 느낄 징도로 욕하고 행패 부리면(주먹질, 삿대질, 살의가 얼굴에 나타나면) Police Report되면 경찰의 질문에 물건을 던졌을 때 그 표정이 어땠나 등? 해서 입건(Arrest)됩니다. 위협과 무시하는 언사였다 하면… 조심해야 하는 말의 표현입니다. 지나친 농담은 피할 것 : 남이 볼 때는 싸우는 줄 압니다.

신문에 기재된 사건

친구끼리 차 열쇠를 가지고 뺏고 뺏기고 하다가 서로 지나치게 장난하다 숨차고 역정스런 표정이 오갔을 때 경찰이 보았다면 즉심입니다. 열쇠를 뺏는 동작으로 보여지니까 절도 행각이 되는 것처럼 보여질 수도 있습니다.

⑤ 잘못 다루다 유리그릇이 깨졌을 때 비명 지르게 됩니다. 그것이 사건화될 수 있습니다. 폭행이 되나 소리 위협도 일단 입건이 됩니다. 입건되면 보석금 책정됩니다. 우리나라도 보석금제도가 있다면 술을 마실까요?

⑥ 멍 잘 드는 체질이면 부부지간에 조심하십시오. 폭행 Case로 된답니다.

설명 부족으로 문화권이 틀리죠. 자그마치 5만 달러의 보석금이 책정되고 하룻밤 수갑 차고 나오게 된답니다.

· 콱 네 집에 불질러 버려!

· 이제부터 다닐 때 조심하라고 해도 체포됩니다.

· 부모 자식지간에 화나서 차라리 너 죽고, 나 죽자 했을 때도 체포됩니다.

· 어떠한 위협적인 언사 행동을 경찰에 신고만 되면 체포되는 것입니다.

· 부부 언쟁도 남편이 손을 번쩍 들어 때리려는 동작이 창밖으로 보였다면 고발당합니다. 때리려는 동작도 위협으로 형사처벌됩니다. 일단 입건되면 보석금도 내야 하고 Credit도 망가집니다. 조심하세요.

구타(Battery)

법정에서 구타당했다 했을 때 상처가 없어도 구타는 위협을 느꼈나? 상대가 위협적인 살의를 느꼈나? 물어볼 때 대답으로 형이 좌우된다 합니다. 법원에서 구타는 52Week's 형입니다. 가정폭력은 26Week's 또는 그 이상의 형이 됩니다.

보석금도 몇 만 달러에서 Go up?

· 초범 : Anger Management Program(분노) 조절 Program받게 합니다.

· 이범, 삼범까지 어기면 분노 조절이 안 되면 25년에서 종신형도 받게 된다 합니다.

침 뱉고 부부 싸움, 지나친 농담, 언쟁은 조심하세요. 이번에 '타이거 우즈' 침 뱉은 사건 기억하시죠?

우즈, 침뱉어 벌금 '망신'

변호사들의 무책임

거짓 증언

① LA에서 고등학교, 대학 졸업하고, 취업비자로 직장에 다니다 회사의 사업 부진으로 직장을 그만두게 되어 집에 있을 때 국토안보부의 무작위 추출조사(Extract)에 걸렸을 때, 생각 없이 질문에 그만둔 직장에 자존심 때문에 나왔다고 대답한 것이 거짓말을 했다는 것으로 입건되어 구치소에 수감돼 3일간 조사 끝에 보석금 내고 풀려 나와야 합니다.

② 이런 과정에서 변호사 실수로 Social No를 서류에 기재하지 않았고 무책임한 이 변호사는 구치소에서 원하는 시간 시일에 서류를 제출하지 않았다면 근무태만으로 4일간이나 구치소 생활을 더하게 되었습니다. 솔직하지 못한 변호사의 무책임하고 근무태만인데도 변호사비와 많은 경비를 지출한 것으로 금전적 손해를 보았다면 Consumer Affair에 가서 변호사의 부정을 Complain하는 곳입니다.
Office를 찾아가서 설명하고 그곳에서의 지시를 받아 Form을 받아 모든 Documentary를 정돈하여 Copy해서 보관하시고 설명은 상세히 하여 보관하시고 제출하세요.

COUNTY OF LOS ANGELES
DEPARTMENT OF CONSUMER AFFAIRS
500 W. Temple St., Room B-96
Los Angeles, CA 90012

For more information call:

1-800-593-8222
Inside Los Angeles County

213-974-0825
Outside the County

TTY: 213-626-0913
For the hearing impaired

Visit us online.
dca.lacounty.gov

합법적 아기 유기해도 되는 a state

Illinois 주에선 1세에서 19세까지 된 아이를 병원 앞이나 Police Depart 앞이나 Fire Depart 앞에 데려다 놓으면 합법이 된다 합니다. 말 안 듣는 아이를 Illinois 주에 데려다 놓아도 합법입니다. 51주인 미국이 얼마나 큰지 상상이 되겠습니까. 반복하는 설명인데요, Los Angeles 한 주가 South Korea보다 면적이 크다 합니다.

Illinois 주에선 신생아 유기(Abandonment)해도 된다는 법이 생겼다 합니다.

젊은 사람들이 갑자기 사랑하고 싶을 때 충동적인 면과 생리적 현상으로 사랑했을 때 아이가 생기면 영어로 'Make Love' 라는 '아름다운 표현이 있습니다' 어떠세요? 사랑하고 나면 얼마나 가까워집니까? 그 옛날부터 사랑했던 사람들… 서로 사랑하고 사랑 주고 싶고 사랑 만들고 싶고, 뭐 얼마나 많은 표현이 있습니까. 그 열매가 아이들입니다. '책임질 수 없다. 책임 같은 것은 생각하지 않는다' 등 그 대답에 Abortion이란 단어가 있습니다. 서로 사랑하려거든 열매 정도는 생각해 봐야 합니다.

공동 책임입니다. 젊음의 책임, 사랑한 책임.

Abortion 문제가 분분합니다. 공동 책임이 안 되는 것은 갑작스런 충동에서 이루어진 불장난 사랑이겠습니다.

Abortion 받는 사람도 있습니다. 이것은 개인 문제라 하겠습니다. 어린 여성이면 부모, 형제, 친구 모두 감추어야 하겠으니까요? 한 번에 불장난의 경험이 혹독합니다. 낳으면 누가 책임져 주겠나? 교육은? 사랑은? 누가? 풀잎은 이슬을 먹고 산다 했습니다. 사람은 사랑을 느끼고 배우며 자란다 합니다. 참 잘하신 법이라 생각합니다. Illinois Queen 주지사의 생각이라 합니다. 감사합니다. Thank You So Much.

Illinois까지 가려면 그 여비가 얼마나 들까요.

다른 주도 Abortion만 반대하지 말고 아이가 버려졌을 때, 사랑·교육·생계 그 외 얼마나 많습니까? 좋은 방법을 담당하는 사람은 없는지요?

개도 주인이 없으면 난폭해지든가, 너무 나약해 때려도 얻어맞고, 움직이지 못한다는 것 아시죠?

네비게이션(GPS) 다는 위치도 법이다

자동차 내비게이션 규정 아시나요

차 유리 중앙에 GPS를 설치했다 적발되면 벌점과 함께 100달러 가량의 벌금이 부과된다.

자칫하단 '벌금 폭탄'

SB 1567

법적으로 위치가 정해져 있습니다. 마음대로 달아선 안 됩니다. 차량 내 GPS 부착은 운전석 하단 왼쪽 구석에서 5inch 내 또한 조수석 하단 구석에서 7inch 내에 설치해야 합니다.

법적 정해진 위치가 아니면 벌금이 108달러 수수료가 된다고 합니다.

Tip에도 법이 있다

법 제351조항 a low-a code입니다.

Tip(Gratuity의 Service 감사금), 손님 Table Else를 책임지고 Service 했을 때 받는 것입니다.

법으로 낮에는 10%~15%, 밤에는 15%~30%, 때론 Good Service로 Tip이 음식 값에 30% 이상 받을 때도 있습니다. 노동이니까 노력 즉 Service한 것만큼 받을 수 있습니다.

만약 Service가 나쁘면 Tip 놓지 않고 No Tip No service는 써놓고 나오시든가 미국식은 One Penny Table에 놓고 나오면 Service에 Complain 한 것으로 알게 됩니다. Service 받은만큼 Tip으로 보상합니다.

때론 Tip을 음식 값보다 많이 놓고 나오는 사람도 있다 합니다. 팔불출이라 합니다.

마음과 정성의 교류, 원하는 것은 먼저 알아서 Service한다면 Waiter 나 Waitress는 Table 위에 있는 모든 것을 정리할 때 물어봐야 한다고, 냉수는 손님이 원할 때만 갔다 준다고 합니다.

옛말에 자식이라도 사랑받게 해야 사랑을 얻는다고 했습니다.

New York은 Tip이 가장 Strong하다고 합니다.

Tip 안 주고 나오면(아무런 표시 없이) Waiter는 따라 나와 Tip 주고 가라고 합니다. 망신이죠.

* 주인이나 Manager가 Tip에 법적으로 관여할 수 없습니다. 하지만 관여하는 식당 주인도 있다 합니다. 만약 들키면 위법입니다.

노동청에 고발도 됩니다. Tip이 많이 생기는 직장 같은 데선 조건으로 월급을 적게 받게 됩니다. 주인은 적게 주어도 법에 저촉받지 않습니다.

* Busboy, 주방장, 주방 Helper들에겐 Tip 받는 사람이 자기 Tip을 놓아 줄 수 있습니다. 그들이 도와주고 있으니까요.

성질 급한 단골손님이 있다면 주방장의 Special 도움이 절대 필요하니까요.

* Tip을 중간에서 가로채면 착취가 됩니다. Penalty가 붙는다는 뜻은 위법입니다.

Tip에 얼킨 Story

2009년 기사

'멜로즈'에 있는 Jazz Bar에 40세 정도의 한국 분이 혼자서 즐겼다 합니다. 술 몇 잔 마시고 노래도 듣고 그냥 Tip 놓치 않고 나왔습니다. Service가 없었다면 One Penny를…

Napkin에다 No Service No Tip했으면 봉변당하지 않았을 텐데…

Waiter가 따라 나와 Tip 달라 했답니다. 저녁이니까 15%~30%입니다. 다툼 끝에 손찌검이 있어 누군가 경찰을 불렀겠죠, Tip 안 준 이유가? 경찰에 수찹 차고 입건되어 다음 날 아침 몇 만 불인가 내고 나왔답니다.

한국식으로 으시댔나 봅니다. 알 수 없죠. 이것이 문화 차이였을까요. 손해 보고 체면 구기고… 이해가 안 갑니다. 싸우기는, 손찌검은 또? 이것이야말로 한국 문화!

물어보십시오. 창피한 일이 아닙니다.

LA 시의 전화비 낭비

전화회사 AT&T의 횡재?

LA 시에서 일하는 사람들 쓰지도 않는 전화선 번호가 자그마치 8,000개(Eight Thousand)나 된답니다. 어느 어느 Depart에 누가 어디에 쓰려고 가설했나? 가설자의 이름도 Depart의 방번호도 몇 통 등, 있어야 했고 가설한 사람도 있었을 텐데.

LA 시의 총 직원이 몇 명이나 있습니까? 누가 월급을 지급합니까. 국민들의 혈세가 아닙니까? 이 8,000개의 전화선도…

연간 이렇게 가설된 전화선으로 인해 매달 150만 달러가 전화 값으로 14년간 AT&T에 지불했다 합니다. 14Years는 168Months

One Month 150만 달러 × 168month's 어떻게 표현해야 합니까? Oh! My God입니까? 아니면 This is terrible이라도 해야 합니까. 끔찍한 일입니다.

14Month 아니고 14year's라니 해도 너무했고, 책임도 너무나 없었고 Tax가 무슨 샘도 아닐 테고 Tax 내는 사람은 혈세! 쓰는 사람은 공짜! 어떤 사람이 County 직원을 믿겠습니까.

LA County 정부가 각 부서에 설치만 하고 한 번 쓰고 방치된 전화선이 8,000개라는데 믿어집니까. 이들이 살림을 합니다.

한국 속담에 '밑 빠진 독에 물 붓기'가 있습니다. 어디로 흘러갔을까요. AT&T와 Pacific Bell이라는데 해서 재정난에 허덕이는 LA 시정부! 2009년 6월 20일 신문기사에서 이런 것 너무 무책임하다 하면 표현이 맞습니까?

LA Times는 이어 관계자들이 8,000개의 전화번호 중 일부는 County 정부용이 아닐 수도 있다는데 파장이 커질 전망이다 했었는데 2011년 2월까지 아주 조용합니다. 덮어야죠. 망신과 창피한 일이죠. 또한 무책임 Times가 조용하니 Power가 과연 절대 권력이라 하겠습니다.

이 사건은 부패인가? 무책임인가? Times도 압력받았습니까? 한국에서도 때론 큰 방귀 소리가 요란하게 나기도 하고 냄새가 나다가 날아가 버린곤 합니다.

Ex)
사용치 않은 List에 있는 전화번호 중 이미 중단된 Hollywood Ticket 판매점이 Theater의 전화번호로 등록돼 있었다 합니다.

허나 LA County 정부는 14년간 Discontent하지 않고 매달 38달러씩 Payment했다는 거 아닙니까? La County Supervisor 위원실의 돈 애쉬턴 대변인은 누가 이 번호의 전화를 Supervisor 위원회 계좌에서 인출하도록 승인하고 지불해 왔는지 모르겠다 하며 당혹스러움을 감추지 못했다고 합니다. 내 주머니에서 지출되었다면…?

8,000개 중 하나인데 새 발에 피가 아니겠나? 전화번호에 아무것도 없었다. 이름도 성도 아무도 몰라요 돈만 계속 뽑아 갔으니까.

이번 조사 결과도 어떤 과정에서 조사가 시작되었는지 아십니까? Aug 2007에 문 닫은 경영 부실이라 했습니다. Martin Luther King Junior Harver Hospital에서 쓰지도 않은 전화선이 자그마치 329개선이었다고 합니다.

이런 사건은 아무도 책임질 수가 없는 문제인가요? 마치 땅속으로 누수되는 것과 같은 상황입니다.

행정국장 윌리엄 푸치오카 씨가 발견하면서 County 전체 전화선을 조사하기 시작했습니다. 재정 담당은 어느 Depart에서 하며 누구였을까요? 지금은…

Mr. 윌리엄 푸치오카가 아니었다면 2011년 지금까지도 8,000선의 전화값을 내겠다고 하는데 대강 6,384만 달러, 14년은 168Month × 38 = 6,384만 달러

County Health(보건국) Department Mr. 마이클 윌슨 국장은 병원 시설에 사용한다는 생각에 미처 전화선을 끊을 생각을 하지 못한 것 같습니다. 무책임한 처사입니다.

8,000선이면 8,000명이란 뜻인데 어떻게 전화선 놓기만 하고 필요하지 않을 때는 끊어야 하는 게 원리 원칙인데 어떻게?

국민 여러분은 얼마나 이런 것을 이해할 것이며 이해시키겠습니까? 이런 것은 기네스북에 기재가 안 됩니까?

끊어진 전화선만 1만 6000선이 된다니 LA 시의 부끄러운 사건 중 사건입니다.

이런 System의 병원이었습니까? 그러니까 병원은 문을 닫게 되겠다고 합니다. 죄송한 말이겠습니다만 경영이 억망이겠죠. 닫지 않으면 어떻게 할 것인지? Tax! 그게 이렇게 책임 없이 탕진한 것인지 이해할 수 있는 답변이 필요합니다. 국민은.

연 비용이 300만 달러가 추산된다니 그 손실이 막대하지 않겠습니까? 이것 막기 위해선 세금 더 징수해야 하겠네요. 누구에게서 선한 사마리안 국민에게서 County 정부에서 일하는 분들은 아십니까? 국민들은 아세요.

Supervisor 제프 야로슬라보스키 위원은 이번 전화선 문제로 County 정부가 운영상 부실한 것이 있다는 것을 시인했는데? 어떻게 처리하겠습니까? 어떻게 이 전화선 Case만 있다고 할 수 있는지 의심스럽습니다.

얼마나 많은 돈이 월급으로 나가나 책임 것 일한 것 만큼 조사해 봐야 하는 것 아니겠습니까.

2009년 Tax 9.5%랍니다. 교통 Ticket, Parking Meter로 올려 또 올려 서민의 세금만 올려 쓰지도 않은 8,000선 전화…

누락되어 있는 1만 6,000선의 전화 고장인지, 망가졌는지 무엇이 무엇인지 원인 규명도 안 되어 있으니… LA County를 얼마나 믿어야 하나 법이 무서우니 따라야 하겠습니다.

LA 주정부의 연체료 예산 낭비는 왜?

California 주정부의 예산 낭비? 어디서 무엇이 어떻게 섞여 나가는지 알기가 어려운 것인가요? California에만 몇 개의 County가 있는지요? 연체료가 약 800만 달러라니!

가주납세자연합은 가주 정부가 지난 2년간 '벤더나' 하청업체 등에 제때 돈을 지불하지 못해 연체료로 지불된 연체료가 800만 달러나 된다 합니다.

그 대상 회사가 38,800여 회사나 된다는데 이해되십니까? 정말 해도 너무합니다. 연체료만 340만 달러라고 합니다. 도대체 연체된 이유가 나변에 있습니까?

① 주 교정국(Correction)에서 예산한 처리가 늦어지면서 2008~2009년에 3Month가 늦어졌다는데요, 그 늦은 이유가 있겠습니다. 늦는다는 것도 알고 있었습니다. 사전에 조종하지는 않았나요? 2007~2008년에 50일 정도 Payment가 늦어져 Penalty를 냈었다고 합니다. 이런 Delay Penalty가 2년간 40만 3,000달러의 연체료 Penalty를 낸 검찰청(Investigation)은 2008~2009 벌금의 38%, 2007~2008 벌금의 25%가 예산이 늦게 처리했다고 합니다. 무슨 이유일까요?

② 보건국(Health Department) 산하 부서도 합종으로 진행된 Project 비용 지불 책임 소재를 책임 소재를 정하지 못해 288,218달러 연체 벌금을 내야 했다니, 무책임한 LA 정부 소관이 대서특필로 신문에 나오게 되지 않았나 싶습니다.

③ 주 공원국

현장 사무소에서 청구서를 늦게 보내 와 2년간 232,000달러의 연체료를 지불했어야 했다는 것입니다.

아놀드 슈왈츠제네거 주지사와 주의회는 서로 책임을 떠넘겼다는데… 참으로 한심합니다. 미안하고 부끄럽지 않으십니까? 서로 책임 전가한다니!

주지사는 법을 어겨도 됩니까? 자전거 타며 헬멧을 써야 하는 법인데 쓰지 않았는데 주지사 Power면 안 써도 됩니까?

운전하며 전화하고, Red 블록에 주차하고, 예산안 받는 사람이나 내는 사람이나 상호, 양방, 책임이 아닐까 싶습니다. 책임 서로 넘겨도 둘은 누워서 춤 뻗기가 됐네요.

④ 비용 처리하는 직원도 부재라니

데럴 스테인비그 주 상원의장은 주지사와 공화당이 예산안을 질질 끌었다고 서로 책임 추궁이랍니다!

⑤ 현재 주정부 소속 기관들은 가주 신속 지불법안에 따라 Payment가 늦을 경우 벌금을 내야 한다고 했습니다. 즉 Delay Penalty 법안이 상정되었으니 정부는 내야 했을 것입니다만… 그 많은 금액 Penalty를 누가 누적시켰는지가 궁금합니다. 무책임한 세금을 내야 하는 국민은…

그래서 1,000만 달러 가까이 모자라는 금액을 세금으로 충당해야 한다는데 세금을 올리려 합니다. 올리기 전에 세금에서 몇 %를 올리려 하는지요.

자기가 친 덫에 자기 발목이 걸렸다는 말도 있습니다. Delay Penalty 법안은 잘 만든 것으로 저로선 찬성합니다.

지금 LA County는 각종 소송으로

1억 3,700만 달러나 된다니 몸살도 나게 생겼네요. 누구의 잘못입니까? 2년간 1억 3,700백만 달러가 소송 때문에 지출되었다 합니다.

가희 천문학적 숫자라 어려운 상황입니다. 그 돈 지출이 세금이라는 것인데요. 그래서 감원이 불가피하다 합니다. 하급원만 감원해 봤자 해결될 문제가 아니겠죠.

My Opinion은 책임 추궁이 먼저 그 책임진 사람이 우선이라 하겠습니다. 감원 대상을 LA County 도시별 소송비용 보고서에 보면 2006 ~2007년도 보다 2007~2008에는 2배 이상 증가한 수치라 합니다.

증가된 비용은 1,300명의 경찰관 고용이고 대부분 공공사업, 예산을 Cover할 수 있는 수준인 것으로 드러나 논란이 예상됩니다.

2008~2009년도에 증가한 법정비용 중 7,200만 달러를 긴축 (Retrenchment)했을 경우 1,271명의 경찰관을 고용할 수 있었을 것이고, 6,500만 달러는 시의 연간 인프라(Infra) 개발기금을 조성할 수 있다고 지적했다 합니다.

카르멘 투르타니치 검사장은 County를 대상으로 하는 어리석은? 소송들부터가 큰 문제라 했는데 그 어리석은 소송이 무엇인지요? 어떤 내용의 소송인가요?

시가 잘못되었으면 소송을 당할 것이고 인격 침해, 무시와 모욕받는 것, 월권행사 Power 있는 사람에게 서민은 합의하지 말라는 뜻이 되지 않을까요. 인격 침해(Personalty disturbance), 억울한 판결 or 판정(Suffering Judgment or decision), 인격 무시, 모독(Defilement), 하찮은(Worthless) 소송이 초과(Excess) 때문이라는 언사는?

표현이 잘못되었나 아니면 검사장 Power인가? 부자(Rich)의 Value 는 다릅니다.

입지 조건에서 법도 마찬가지겠습니다. 그래서 표현도 S.M.L little on Large가 있는 것입니다. 하찮아 보이는 소송도 하는 사람 쪽에선 무엇인가 참을 수 없었을 것이 있다는 것입니다.

법엔 여러 가지 이유(Reason)와 사유(Cause)가 있다 합니다. 그래서 법은 귀에 걸면 귀걸이처럼 코에 걸면 코걸이로 설명, 설득하게 달렸다는 것이라고…

어떠한 소송이 가치(Value, Worthy)가 있나 알고 있습니다. 총과 칼보다 혀끝(Tongue : 말표현)이 더 무섭다는 것이라 했습니다. 보잘것 없는 사건도 원인 제공(A Factor Proffer)한 것이 아닐까요?

소송 남용 대항

가주민회에서 작성한 보고서는 LA County 법정 소송 평결을 위해 사용된 예산이 자그마치 1억 3,800만 달러나 된답니다. 허나 하찮은 사건 때문에 1억 9,000만 달러가 증가되었다 합니다. 그것이 어떤 내용의 소송인지 내용을 알고 싶습니다. 한 시민으로써…

가주민회의 메리안 마니로 남가주 지부장은 많은 사람들이 직장, 직업을 잃고 많은 정부 Program들이 중단되면서 법정 비용이 증가되었다는 사실에 놀랐다고 합니다.

등이 가려운데 가슴을 긁고(Scratch) 있는 것 같습니다.

＊ LA County에서 소송당한 Case에 미국에 거주하는 모든 거주민이 소송세로 835만 달러를 세금으로 1년간 내고 있는 것 아십니까?

＊ 납세자연합 회장이 현재 2009년 City와 County들이 과도한 소송 비용을 지불하고 있다 합니다. 소송당한 것의 맞대응이겠죠?

LA County 폐수 처리사의 사기(Express Environmental Co)

옛날에 뛰는 놈 위에 나는 놈이 있다 했습니다. LA County를 사기 치다니 사기당한 시는 믿었었던 국민에게 참으로 수치스런 사건입니다.

폐수(Express Environmental Co)처리하는 회사가 LA 시의 폐수처리로 700만 달러에 계약을 했다는데 이 회사는 서류조작으로 1,014,414달러 이상을 청구했다 합니다.

시정부 담당자들은 장기간 이런 사실을 감지조차 못하였고 뭐 따져 보기나 했겠나 싶습니다. 청구서 들어오면 Paper에 싸인만 멋들어지게 하면 돈 지불하는 데는 다른 부서였겠으니까 내 돈 나갑니까? 국민의 그야말로 혈세가 그렇게 쉽게 낭비되었으니… 누가 감이 폐수사가 사기 치리라 생각이나 했겠습니까?

2009년 10월 6일 Thu에 2009년 10월 5일 웬디 그루엘 시 회계 감사관은 LA County와 폐수처리 계약을 맺은 Express Environmental Co가 2002~2008년 9월까지 최소한 733,536달러에서 최대 1,014,414달러 정도를 추가 청구해 온 사실이 드러나게 되었다. 2009년에서야 발각이 되었는데 거의 7년간 이렇게 정부를 착취하고, 착취당했다는데 누가 담당입니까? 한 번이라도 서류를 보셨습니까?

1,014,414달러×7년 = 7,100,898달러나 되니 천문학적 숫자입니다.

＊LA County 정부는 2009년 3월에 재계약을 했다고 밝혔는데 실제 시의 손실액이 더욱 클 것이라 합니다. 사문서 위조 즉 Fraud했다는

데 실제 손실액보다 더 큰 것으로 보입니다. 하면서 Express 수사는 전체 폐수처리 Case 중 75% 양을 부풀려 비용 청구해 온 것으로 밝혀졌습니다. 또, 이중 절반 정도는 처리 규모를 최소 10% 이상 늘려 청구한 것으로 밝혀졌습니다.

서류 조작으로 100만 달러를 무상 지급되었다고 하는데 담당자는 규정을 몰라 다른 시보다 애당초 비싸게 계약도 했다고 합니다. 규정도 모르므로 사람이 어떻게 이런 시 Depart에 채용이 되었나? 의심스럽습니다. 모르면 물어나 볼 것이시. 이 직원도 시를 속였네요.

그래서 허술한 계약으로 인해 세금 낭비로 620만 달러가 폐수사로부터 사기당했다는데요.

*LA 시는 폐수 처리 규모에 따라 1,000Gallon까지는 1Gallon당 50센트라고 1,001~3,000Gallon까지는 Gallon당 1.35달러, 3,000Gallon 이상은 Gallon당 75센트, 애초부터 처리 비용을 지불했다는데 이 기준을 속인 것입니다.

*폐수사 Express사는 이런 조항을 지키지 않고 서류 조작으로 부당 이익을 챙겼습니다.

*Truck 한 대에 5,500Gallon의 폐수를 처리하는 대신 3,000Gallon만 실어 가고 5,500Gallon 처리된 것 같이 속여 기재했으니…

*또한 다른 주에선 이 Express사와 계약을 맺은 경우 Gallon당 33센트 균일하게 계약을 맺었는데 LA 시엔… 담당자가 모르니까 숫자 1.35달러로 속였으니 담당자 채용부터 잘못되었네요.

그루엘 회계감사관은 검사 결과 추가로 지급된 금액도? 서류 위조로 사기당한 큰 금액을 돌려받게 되는지요. 계약 조정을 지시했다는데 결말은 어떻게 되었습니까?

그래서 공무원 대규모 해고해야 하고

LA 시 예산안 통과, 각종 요금도 인상

LA의 대규모 공무원 해고가 확정되어야만 했을 것입니다. LA 시의 회는 2010~2011년도 예산안 67억 달러를 통과시켰습니다.

안토니오 비야라이고사 사장이 상정한 이 예산안은 공무원 1,761명을 해고시키는 내용이 포함됐다고 합니다. 해고 규모는 시재 현 상황에 따라 최대 1,761명까지 해고될 수 있다는데 이렇게 많은 공무원들이 무엇을 했습니까?

시공무원 노조 측과 타협을 봐야 할 상황에 협상을 요청할 예정이라 했습니다. 해고될 많은 공무원은 어디로 가야 할까요?

예산안에는 각종 시 부과요금의 인상 내용이 포함되었습니다.

① 예산안에 따르면 주차위반 벌금

② 애완동물 License 비용을 5달러 올리게 되고

③ 대형 간판 설치 비용이 인상되고

④ 도서관의 운영시간 단축

⑤ 시 공원 Service 축소도

⑥ 예산안에는 노스이스벨리 동물보호소에 동물 안락사 규모를 현재보다 연 2,500마리 늘리기로 하였고

⑦ 주차장 민간에 임대하여 5,300만 달러 수익을 올리려 한 것은 2011년경 무산됩니다.

⑧ Service 축소합니다. 어디에 Service했습니까.

LA County 5억 달러나 적자

* LA County 5억 달러나 적자인 이유

① 전화선 8,000개를 14년간 Payment했다는 것 끊어져 있는 선이 1
만 6,000선이 매달 지급된 전화료가 150만 달러가 되었다 합니다.

150만 달러 × 12Month = 1,800만 달러

1,800만 달러 × 14Year's = 25,200만 달러

② 연체료(Delay Panalty) 문제로 800만 달러

③ 각종 소송료가 1억 3,700만 달러

이러니 LA County 적자가 5억 달러나 된답니다. 국민들이여, 열
심히 세금냅시다.

감원도 1,761명이 된답니다. 1,761명이 쓰는 돈이 경제에 얼마나
큰 영향을 끼치겠습니까? 이것이 경제 2010~2011년 회계연도 예
산안 공개된 것은 직원 131명 해고, 직책은 1,400개도 없앤다고
신문에 공식 공개했습니다. 2010년 4월 20일 기재되었음.

이 예산안은 County Supervisor 위원회가 승인하면 시행된다 합
니다.

④ 우선 폐수처리 계약 제대로 못한다고 사문서 사기친 것 발견하
지 못한 사람을 다음으로 전화선 사건인데 14년 전이면?

윌리암 후지오카 최고 행정과(CEO) 2010년 4월 19일에 5억 1,050만
달러 예산안을 공개했는데 재정 적자를 해소하기 위해서 County

소비규모(Spending Plan)를 크게 줄이는 내용이라 했습니다.

 * County 정부는 최근 몇 년간 판매세(Sales Tax)와 재산세(Property Tax) 등 수입이 줄어 실제 지출예산 감소 규모는 2년 전(2009년)과 비교하면 8억 8,500만 달러에 달한다고 합니다.

County 정부는 재정 적자 해소를 위해 정부 자체 차원의 소비를 줄여 1억 7,500만 달러를 절약하는 방안이 전화선 8,000+1만 6,000선을 Disconnect된 것이니까, 또한 1억 6,700만 달러를 예비기금에서 차용(Borrowing)할 예정이랍니다.

County 정부는 현재 공석(A Vacancy)인 직책(Responsibilities of office) 1,400개를 없애고 또한 131명은 해고해서 5,200만 달러를 절약(Saving)할 계획이라고도 합니다.

해고(Be dismissed), 원인(Reason)은 공중보건국(The Public Health)과 납세국(Tax Payment Depart)과 County 예산의 22% Charge하는 주정부의 기금 규모가 줄어들 경우 해고 규모는 더 늘어날 수도 있는 것으로 알려졌습니다.

County 정부는 나머지 재정 적자 1억 1,500만 달러는 노조와의 협상을 하여 해결할 예정이라 합니다.

예산 안에 대해 후지오카 CEO는 지난 3년간 판매세 수익 2억 1,000만 달러가 재산세 수익 1억 3,200만 달러가 감소했다며 지출 축소의 필요성을 강조했다 합니다.

LA 시의원 연봉이 17만 8,000여 달러

　평균 연봉인데 미 대도시 가운데 가장 많은 금액이라 합니다. 지역
구가 15개라 합니다.
　New York은 지역구가 51개 16만 4,000달러
　Chicago는 지역구가 50개 5만 7,000달러
　San Diego는 지역구가 8개이고

영국의 380kg의 누워만 있는 남자

　얼마나 본인도 힘들었겠습니까? 거동도 힘들다 합니다. 위 잘라내는 비만 치료 수술로 300Kg 감량했다는데요. 영국의 잉글랜드 북서부 체서 지역에 사는 41세 남자인데 체중이 380Kg이 넘는다고 합니다. 음식 먹기 중독자 이런 병명도 있네요.

　집을 팔아서(31만 3,000Pound) 수술비를 썼답니다. 이렇게 누워만 있을 수는 없는 것이겠죠. 약 300Kg 정도 감량해서 98Kg이 되었답니다. 늘 포식, 과식하며 정크후드를 좋아했답니다.

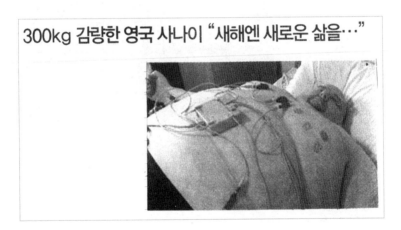

300kg 감량한 영국 사나이 "새해엔 새로운 삶을…"

590kg의 남자 기네스북 오르다

세계 최중량 아저씨, 부인이 얼마나 속상할까요.

세계 최중량 아저씨 2007년 판 기네스북에 590kg의 체중으로 세계 최중량 기록을 세웠던 멕시코 몬테레이에 사는 마누엘 우리베가 5일 소형밴을 개조한 자가용을 마련했다. 부인 클라우디아 솔리스와 5월에 메메모빌을 타고 해변으로 여행가는 것이 소원이라고 밝혔다. 〈AP〉

430Pound의 여자

아주 오래전 Chanel 4에서 보았습니다.

290Pound 여자 분도 TV에 나와서 울더라고요. 210Pound 뺐는데 살쪄 있던 뱃살 가죽이 발등까지 늘어져 있었어요. 둘둘 말아 배에 차고 있었습니다. 넓은 허리띠로 한 것 봤습니다.

수술도 안 된답니다. 죽을 때까지 늘어진 뱃가죽을 앞에 말아 차고 살아야 한답니다. 상상이 가세요. 여자 분인데 울더라고요.

430Pound 나가던 남자분도 300Pound를 감량했는데 역시 살 때문에 늘어났던 가죽이 발등까지 닿았었어요. 둘둘 말아 배 위에 넣고 붕대 같은 것으로 감았더군요.

254kg 영국 여성

영국의 어느 여성이 포도상구균(MRSA)에 감염되어 발에서 시작된 이 질병은 다리까지 전이되었다고, 작은 침실에서 거의 움직이지 않고 생활하면서 몸이 400스톤(약 254kg)되었는데 3년간 병세는 악화되고 일부분이 마비 증상까지 나타나서 이 환자의 신고로 소방대원과 경찰이 20명이 나와서 문도 부셔야 했고 그 환자가 나올 수 있게 8시간이나 벽, 거실 문을 때려 부셨답니다. 병원 가기 위해서 병원 입원하여 6Month 치료를 받아야 했습니다.

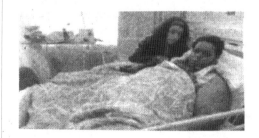

254kg 英여성 '집 벽 부수고 탈출' 성공

고도비만자가 성폭행

400~500Pound 가량 된다니 참으로 걱정이네요.

66세 난 노인의 아동 성폭행 사건이 영국에서 있었답니다.

10대 소녀(10~18세)를 성폭행한 혐의로 유죄 판결을 받은 사건이라는데 얼마나 뚱뚱한지 감옥문으로 들어갈 수가 없어 집행유예 선고받았는데 비만 때문에 집에서 움직이질 못해서 다리에 염창까지 생겨 걷지도 못한답니다. 벌금은 한화로 1,900만 원입니다.

소녀 때 성폭행당한 여자는 44세가 되었다 합니다.

한 英 아동성폭행범

연수가 무엇인지요?

1980년도인가 합니다. 우리 옷가게 오는 손님의 말씀입니다.

한국에서 연수생은 무엇을 배워 먹자고 왔는지 모르겠다고 Hawaii 일 때 특히 Kapiolani일 때는 한 집 건너 Bar 두 집 건너 Bar였습니다. 섬 한 바퀴 도는 데는 한 시간이 걸리지 않습니다. 풍경은 아름답죠, 바다 끼고 사탕수수밭도…

오래전 전해 오는 설명인데 술장사는 Italy 이민자가 제일 먼저 시작하고 다음이 유태인, 일본인 뭐 이런 순서인데 이민자들의 순이라 하는데 그리고 한국인, 지금은 월남이라고 들었습니다. 1980년대에 신문에 났던 Bar 숫자가 745개라 했던 것입니다. 조그만 섬 속에 한국 공항에 세관 통과시 검열하는 분들이 이상하다 했습니다. Hawaii에서 오는 사람은 거의가 술집에서 일하는데 아주머넌?… 했던 기억이! Bar Owner, Bar 안주담당 얼마나 많겠습니까?

① 그 술집에 장관, 국회의원, 그 외 사람이 와서 Bar에 들어와 제일 먼저 맡기는 게 너 어디서 왔어? 이태원이야 동두천이야 했답니다. 무슨 뜻이냐고요? 대답은 이랬답니다.

나 누군지 몰라? 국회의원, ○○장관이 무엇 하는 사람인데… 막 말하다 쫓겨나는 국회의원, 장관도 있었답니다. 나와 뭔 상관이 있어 했답니다. 돈을 물 쓰듯 해서 Bar에 일단 들어왔다 하면 수입은 정말 멋들어진답니다. 연수 온 인사들의 첫째날이랍니다.

② Golf장으로 대거 몰려 우선 큰소리, 아마도 철뚝길 옆에서 어린
시절 살았던 것 아닌가 싶습니다. 너무 목소리가 커서 Manner는
한국에 두고 왔다 하는데요?

③ 식당에 가면 연수 온 국회의원이라 큰소리치고 연수 온 사람 모
시기 경쟁이라 한다네요. 정말 연수가 무엇 하는 것입니까? 한국
과 Hawaii는 바다가 전부인데 무엇을 연수하러 왔는지 술집과
Golf, 지갑은 잊어버리고 두고 왔으니까 할 정도…
전원 7~8명인의 지갑은 새로 사야 했다네요. 원래 있었는데 어제
술집에서? 그럼 외상인가? 아니죠? 입만 가지고 왔죠? 그런 것이
연수라 Hawaii 사는 1천여 명의 한인은 알고 있었으니까요.
술집(Bar)에서 일하는 여자에게 욕도 먹고 쫓겨나기도 하고 그게
한국의 연수라네요.

미국에 외유도 혈세

낭비한 사람들은 가끔 신문에 나는 유명인! 부인, 딸, 남편 등 동반하는 것은 다반사입니다. 거기에 의사(Ceremony Specialty)까지 또한 사진사까지 이것은 More Worth!

CBS - CBC에서 취재한 것인데 1인당 숙박비는 2,200달러 For Day?

얼마나 멋쟁이, 화끈하게 썼네요. 이 정도의 배포는 있어야지. 내 돈도 아닌데. 썼다 소리 듣기는 매한가지!

차원이 다르네요, 한국인은 술 먹지 못해 죽은 원혼이 있어요. 너도 죽자, 나도 죽자 뭐 그런 거 아닌가요? 술 취하지 않고 어떻게 뭐 맨정신으로… 남이사 이태원 출신이면 어떻고 동두천 출신이면 어때, 너나 잘하세요. 전라도나 경상도냐 따지지 마시고.

상원 의원들이 Denmark 코펜하겐에서 기후변화회의에 참석하면서 있었던 사건입니다.

상하원 아들, 딸, 가족, 스태프 등 106명이나 거느리고 갔다는데요. Obama 대통령은 몇 명이나 거느리고 외유하십니까?

For Day 2,200달러×106명 = 2,333,200달러 이 계산이 맞습니까? 이 것도 국민으로부터 걷어들인 혈세입니까? 혈세 하루 종일 잠 안 자고 노동하고 일한 것인데…

NANC 펠로시 하원의장은(민주당 메사추세츠) 남편 에드 마키 제이

인슬리(민주당 워싱턴), 제임스 센스브레너(공화당 와이오밍) 부인과 같이 가브리엘 기포즈(민주당 에리조나) 하원의원은 남편과 같이 CBS에 의하면 식사비까지 포함 For1 4,406달러가 이런 비용에 대한 보고서를 보지 못했다는 반응이었습니다.

미국의 음주 문제 처리상황

소란, 행패, 고성, 무법천지인 한국!

우리나라 Drama를 보면 역겹습니다. 화난다고 술 마시고, 속상하다고 술 마시고, 기쁘다고 술 마시고, 반갑다 친구야 술, 자기만족에 취해서 술, 또 무엇이, 포장마차 술, 유명세가 붙은 사람들이 사람을 때리고. 이 미국에선 언감생심(Haw Dare You) 경찰을 때려. 술 취했으니 봐줘! 하기사 8살인 나영이 사건이 강간사건도 법이 없어서 술이 너무 취해서… 이게 도대체 뭔 소리야. 술엔 어째서 관대한가! 곡식 물이 되어서인가요?

Bar Counter에서 의식을 잃을 정도로 비싼 술병이 엎어지고 넘어지고 신의 눈물방울이 Wine이라 하지만 Counter에 놓여 있는 술병들은 Drama의 한 Cut입니다.

영화나 Drama에선 술 문화와 에티켓 등을 가르쳐 주었으면 감사하겠습니다. Tip 문화도 부탁드리겠습니다. 그래야 외국 나와서 망신당하지 않을 것이라 봅니다.

또한 Happy New Year 전후로 술을 너무 먹고 길에 쓰러져서 얼어죽는 사람도 없었으면 합니다.

술꾼 때문에 매일 사고로 무고한 사람이 죽습니다. 왜 법과 벌금이 없습니까?

외국 영화 보면 술 마시는 Manner가 예술입니다. 아주 로맨틱해서 사랑하고 싶을 정도입니다. 선진국이 우리나라를 평가할 때 무식하게 보이고 그 추태는 망칙스럽다기보단 역겹다고 생각합니다.

걸핏하면 주먹질에 시비 걸고, 고성방가, 아무데서나 노상방뇨하고 길가에서 누워 버리는 것 너무 많지요. 파출소에 와서는 행패 부리고 경찰 때리고…

미국에서는 공공장소에서 술 취해 소란 피우면 체포됩니다. 노상방뇨도 체포. C급 경범으로 벌금이 500~1,000달러의 Penalty가 부과됩니다. 3번이면 추방입니다.

워싱턴에는 정치꾼이 모인다는 도시! 술 취한 사람들은 집으로 아니면 숙취 해소 Center(Detoxification)로 보내진답니다. 거부하면 체포도 됩니다. 만취자는 병원으로 후송된다고 합니다. Penalty는 물론 더 많습니다.

술 마시고 자살, 자해 시도(Suicide) 정신적 병세를 보이면 가죽 끈으로 묶은 뒤 강제로 폐쇄병동(CPEP)에 감금시킨다네요.

뉴욕에서는 술 취한 사람이 공공장소나 길가에 오가는 것이 법적으로 금지되어 있습니다. 위반시 체포되어(Arrest) 경찰서에 수감됩니다. 〈Hawaii give O〉 영화 보셨지요? Last Sean에 한마디가 가두라! Coop In 하죠.

한국같이 경찰서 때려 부수고 욕하고 경찰에게 덤벼들고 난리하면 위법입니다.

영국에서는 술 취해 소란 피우면 체포되며 취객 후송용 차량에 태워 경찰서 유치장(Custody lock Up)에 36시간 구금합니다. 또한, 만취 소란자를 방치한 주류 판매업자에게까지 1,000Pound 정도 벌금이 부과된다 합니다.

일본에서는 술 취해 공공장소에서 소란, 행패, 고성일 때는 수갑 채우고, 포승도 시키고 강제 보호조치합니다.

프랑스에서는 주점 및 알콜 중독 규제법에 의해 만취 상태일 때 경찰서에 수감되고 벌금을 3,000유로 정도 내야 합니다. 상습 주취자에게 1년 이하 금고(Be Sentenced to 10years) 7,500유로 정도 벌금이 됩니다.

세계 술꾼들의 술의 낙원이 한국이니 법 있어도 법이 없어도… 다 모이세요. 한잔 마셔 보면 외국인이라 더 잘 봐줄지 누가 압니까? 벌금 세게 물게 하고 구류시키고 술 때문에 차 사고 내서 사람 다치든가 죽이면… 경찰이 매 맞는 나라 착한 선한 경찰! 차라리 이태백이 시와 풍류 시대가 왔으면… 아이고 혈압이야 Stress 때문에 당뇨 수치도 올라가네…

세기의 위자료

1위 언론 재벌 머독이 32년 동고동락 결혼 생활한 조강지처와 이혼
하면서 위자료 17억 달러를 지불했습니다. 머독도 이혼하고 금
방 젊은 여자와 재혼하고 부인도 이혼하고 몇 달 뒤에 재혼했
다고 합니다.

2위 세계 자동차 주관사 포뮬러 원 Management 회장 12억 달러.

3위 사우디아라비아의 억만장자 무기 거래상도 위자료가 8억
7,400만 달러.

4위 헐리우드 스티브 멜깁슨 28년 결혼 생활 끝내며 5억 달러.

5위 서어틀 통신기업 멕시코 차 사업자도 위자료 4억 6,000만 달러.

6위 Cable방송 흑인 Entertainment TV(BET) 창업자 4억 달러.

7위 England 프레미어리그 첼시 구단주(Russia) 3억 달러.

8위 농구 황제 마이클 조던 17년간의 결혼 생활 끝내며 1억 6,800만
달러.

9위 가수 닐 Diamond 1억 5,000만 달러.

10위 Golf 선수 그래그 노먼(호주) 1억 3,000만 달러.

11위 영화감독 스티븐 스필버그 1억 달러.

12위 팝스타 마돈나(사진)가 8년간의 결혼 생활을 종지부 찍으며 이혼한 전 남편 가이 리치(10살 연하)에게 위자료로 9,200만 달러(6000만 파운드).

13위 배우 래슨 포드 8,500만 달러.

＊도날드 트럼프는 몇 년 전 부인과 이혼하면서 라스베가스에 있는 호텔을 주었답니다.

＊LA다저스 구단주 프랭크 메코트는 위자료를 부인에게 생활비로 월 640,000달러.

＊프랭크 멕코드와 제이미 맥코드의 이혼 소송에서 판결된 것은 637,000달러.

울브라이트의 Broch 외교

뉴욕 미술 & 디자인박물관에서 울브라이트 'Brooch Collection' 이란 제목에 200개가 넘는 Brooch 전시회도 열었었다 합니다.

국방장관이었던 메들린 울브라이트는 남자라면 넥타이 색깔로 표현했겠지만 여성으로선 Brooch로 상대방과 협상을 끌어내는데 도움이 되었다고 합니다.

때론 Brooch가 항의도, 도전도, 질책도, 합의도, 화해도, 우호적인 협상도 모든 면에 말보다 먼저 First Impression을 보여졌다고 할까요? 필요 적절한 디자인으로… 말이 무슨 소용이 있었겠습니까? 얼마나 멋있는 Idea입니까? 감히 누가 상상이나 했겠습니까?

뱀이 감고 있는 그림 같은 Brooch는 사담 후세인 만나러 갈 때 만들어 달고 회의에 참석했다 합니다. 뱀 같은 여자라 모욕했다 하나 울브라이트는 말보다 무언에 답변이 되었을 거라는 생각이 듭니다.

어떤 때는 상대가 먼저 대화의 물고를 틀 수 있는 분위기가 되었을 법합니다.

영국의 Elizabeth 여왕 2세의 Hand Bag 위치

영국 엘리자베스여왕 2세

Hand Bag을 들고 있을 때, 놓고 만지고 있을 때, Hand Bag의 위치를 은밀히 움직이는 것으로 비서에게 그때의 상황을 미리 설명했다 합니다.

여왕이 Hand Bag을 탁자 위에 올려놓으면
→ 5분 내로 이곳을 떠나겠다는 의미

Hand Bag을 왼쪽 바닥에 놓으면
→ 나를 구해 달라는 긴급 SOS이고

Hand Bag을 왼손에 들고 있으면
→ 아무런 문제가 없다는 뜻

여왕의 Hand Bag에 마스코트, 자녀 사진들, 민트사탕 몇 개, 애완견 과자, Memo할 종이와 Pen, 그리고 돋보기안경이 있었다 합니다.

GM(General Motors)

 이민 와서 옷장사를 먼저 시작했습니다. 참으로 오만했죠. 내가 원하는 Style, Corlor, Design 전부 다 손으로 꼽을 수가 없이… 결국 망했습니다. 찾아오는 손님이 왕이라는 것을 망각했던 것이죠. 진열했었으니까 찾아오는 손님을 무시했죠. 손님이 왕이란 사실을 몰라서 그랬습니다.

 장사란 게 누굴 위해서 하는 것이라 생각합니까? 대중이고 시대의 흐름입니다. 원하는 손님이란 것을 몰랐었습니다.

 GM이라고 별수 있습니까? 도요타는 열심히 차를 작게 작게, 현대자동차는 작게 따라잡기 바쁜데 대중의 비위 맞추기 위해서… 그러나 GM은 집채만한 차가 나왔는데 그 옆으로 지나가는 것조차 무서웠으

니까 소리도 크고, 바퀴 하나 높이가 다른 차 높이만큼입니다.

누구를 위해서 그렇게 크게 만드셨습니까? 세상은 자꾸 좁아지는데 사람으로 인해서 온통 Mexican이라고 어쩌다 백인이고 주차 Space는 중형 기준으로 작게 만들고, 소형차는 한 번에 Parking이 되는데 중형 차는 조심히 빠듯하게 주차하고, 대형 GM은 Parking Lot 2개를 차지 했어야 했으니 내가 생각하기에도 내 옷장사 식으로 안하무인격이 되 었으니까요…

'빅3' 왜 몰락했나

소비자들 외면 받는데도
기술보단 돈놀이에 몰두
경쟁력 제고만이 살 길

GM이 커지면 쉐브론, Ford도 역시 결국 Big3가 되어 몰락하기 시작 했다는 것은 그때는 몰랐겠죠. 국민이 무엇을 원하는지 생각하지 않 고 본인들 생각만 했으니까, 마치 Big3는 경쟁이나 하듯이 크게 크게 결국은 망신이었죠. 길거리는 온통 Toyota로 뒤덮여 있는데…

대중 통로가 GM의 큰 차나 Big2가 지나면 소형차는 기다려야 했으 니까요. 자기네 차를 사 줄 사람이 무엇을 원하는지 적어도 알았어야 하 는데…

내가 입는 옷장사가 아니라 왕인 손님이 입을 옷을 생각했어야 하 는데…

나는 옷가게 하기 위해서 시장조사를 철저히 하기 시작했습니다. 어느 민족이 많이 다니는지? 가게 주위엔 어느 민족이 사는지? Size와

색상, 원단 등등 며칠을 두고 주위를 Research해서 결국 성공했습니다. 어떤 옷을 많이 살까? 를 연구해 보았으니까요.

> **잡지에 대대적 참회 광고 車 빅3 구제법안 처리 이번주 고비**

마치 Big3도 Bankruptcy 직전까지 가서 회답을 찾았으리라 봅니다. 시대 흐름이라는 것, 서민이 부자보다 몇 천만 배 많다는 것을 알아야 합니다.

서민들은 차가 작고, 싸서 Payment에 부담이 안 가는 것을 선호하니까, 세계가 전부 작은 차로 뒤덮혔으니 사람은 모이는 데에 많이 모이니까, 쉽게 주차할 수 있는 차가 부담이 없을 테니까 경제적으로 직장도 간당간당 주차장도 어렵지 않게 어떻게들 하셨습니까? Big3 양반들 국민을 무시해선 곧바로 벌받습니다.

잘 팔리던 도요타도 역시 자만과 교만하다가 책임감 잊어버리고 무책임하다가 역시 큰일날 뻔하게 되었죠.

> ## GM·씨티 '굴욕'
> # 다우지수서 퇴출
> **대신 시스코·트래블러스 들어가**

Big3 양반들 오해하지 마세요. 내 개인적 Opinion이니까요.

큰 차 적게 만드니까 결국 국민들이 많이 사지 않았습니까. 창피하다하십니까, 굴욕이라고 말했습니까. 국민을 저버린 당신네 태도와 처사는 어떤 것이었는데요.

바보스러운 국민은 착합니다. 시대는 흐르고 있습니다. GM 초창기는 언제였습니까? 황소같이 크고 대형 Truck이었죠. Sedan은 얼마나 길고 큽니까? 그때 길거리 차는 몇 대 없었고, 지금은 사람이 얼마나 많습니까? 시대의 흐름입니다.

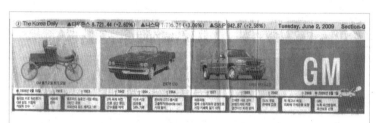

상원 의원직도 사고판다

명예와 돈, 주지사로는 만족 못하나, 비중을 보면 돈의 위력이 권력보다 더 크다고 보아집니다.

돈이 있으면 명예도 권력도 살 수 있다는 것은 자고로 내려오는 속설(Common Talk)입니다. 돈 버는 사람은 그냥 부자가 되는 게 아니라는 생각이 듭니다. 운명적으로 타고난다고도 합니다.

큰 부자는 하늘에서 준다고 했습니다. 확실한 부자가 되겠다는 목적 하에 인맥, 사회 경험(돈 주고 못 산다고 하였음) 공부, 책(간접 경험) 등…

돈 때문에 죽고, 부모 형제 친구 버리고, 배신도 하고 배신도 당하고 그것이 돈장난입니다.

역시 공석인 직위 Obama 대통령이 있었던 자리를 돈 받고 팔려든 Illinois 주지사가 있었습니다.

대동강 물을 팔아먹었다는 봉이 김선달이 있었듯이 그 비슷한 사건이 미국에서 2009년에 생겼습니다.

현직 주지사로 있는 블라고예비치였는데 형과 부인이랑 합세하여…

① 16건의 공갈 등, 중범 혐의로 기소되었다 합니다. 연방 상원 의원 자리는 Obama 대통령이 되기 전 자리니까 공석이었다는 것.

② 남의 자리를 팔려고 한 혐의, 살려고 한 사람도 많았다는데요. 3

형제와 부인, 재진수석, 보좌관 등 합쳐 6명이나 된답니다.

이번 이런 사건은 세계에서 처음이랍니다. 기네스북에 오르나요?

이들 3형제의 전직 행보는 직위를 이용해서 각종 주정부 사업 등

취득도 했다고 합니다.

임명권 이용 자금 마련 비리 혐의

자신에 비판적인 신문사 협박도

오바마 상원의원직을 돈을 받고 팔려던 혐의로 기소된 로드 블리고예비치
일리노이 주지사가 지난 8월 기자회견을 하던 모습.   〈AP〉

흥청망청 기부금

미국의 민주, 공화당은 기부금으로 흥청망청

한국도 그런데 허구헌날 신문에 돈이 빨갛게 꽃이 피어 있더라구요.
민주, 공화당이 서로 헐뜯고 싸우고.

호화판 식사, Golf비 대접, 수천만 달러 접대, 공화당이 기부자에게
서 초대받아 호화판 Night Club Party Washington Post가 2010년 5월
21일 폭로했습니다.

기금 제공자에게 Golf, Tennis로 대접하기도 하고 급류 레프팅, 송
어낚시도 준비하고 리무진, 운전사까지 특별히 고용했다고 하니
1,300달러의 화려한 꽃장식도 출장연회에 Display하고 음식도 행사
에 지출된 돈이 17만 달러나 된다고 합니다.

미국은 안 그러리라 생각했었는데 역시 정치란 완전 어쩔 수 없나
봅니다.

삼겹살은 한국

차원이 다른 한국은 삼겹살 얻어먹고 요새는 돼지고기 값이 비싸다는데 62만 원, 노래방 따라갔다가 56만 원.

지방선거 앞두고 부정선거하면 최고 과태료가 50배랍니다.

유권자는 조심하세요. 얻어먹어도, 과태료 벼락받게 됩니다.

155명에게 1억 2,700만 원의 과태료가 부과되었다고 합니다.

과태료가 10~50배 부과된다는 사실을 몰랐나 봅니다.

'눈 폭탄' 연방정부 휴무 피해
하루 $100,000,000

옛날에는 고무신 한 켤레 받고 찍었고, 막걸리 한잔 얻어먹고 찍어 주고, 돈 봉투 받고 찍어 주고 하지만 딴 사람 찍었는지 누가 아나요?

공직선거법 216조에 따라 과태료가 부과된다는 사실 잊지 마세요.

제3부
국고에 손댈 수 없다

국고에 손댈 수 없다

California state parks and Recreation 96 Mitchell Canyon Road
Clayton , CA 94517
925 - 673 - 2891
Miss Tina White란 여자가 도와줍니다.

14 CA ADC 4306 14 CCR 4306 이곳은 한국이 아닙니다. 조심하십
시오. 산에 있는 풀, 나무, 과일, 씨, 꽃, 이파리, 뿌리 죽은 나뭇가지,
돌, 도토리 등 자르든, 꺾든, 파든, 캐든, 움직이든, 다치든, 태우든, 자
기가 쓸려고 모아시 가지고 내려오든… 뜯어 오든 그 익도 많습니다
만 금지되고 위법입니다. 국고이기 때문에 벌금도 부과된다 합니다.
Collection Permit은 과학적인 용도, 대학교, 학교 등 공부 연구 조사
때문에 필요할 때 Permit이 나온답니다. 그 외엔 한국에 산을 보십시
오. 법이 없으니까 무리져 뜯고, 캐고, 뽑고, 꺾고, 자르고, 뿌리채 뽑
아가서 관상용으로 팔고 그 외 또 무엇이 있습니까. 어떻게 정부는 이
렇게 방치할 수 있습니까.
멧돼지, 산돼지, 곰이 민가로 내려와서 사람 상처 입든가 죽거나 하
고 곡식은 망쳐지고 있는데도 많은 정부가 바뀌었어도 달라지는 게
없으니… 산짐승이 먹을 것이 있어야 할 텐데 아무것도 없다 해서 짐
승은 먹이를 찾아 민가로… 싹 쓸어 오니까 돈 된다는 것은 콩깍지라
도… 불쌍해 보이는 산, 병들어 보이는 산, Diet 너무해 바짝 마르고

이렇게 아파 보이는 산, 아마도 어디에도 없습니다.

 도토리 줍는 계절이 있다 합니다. 그 왼 짐승이 먹어야 하니까 들고
내려올 수 없다 했습니다. 산딸기, 산버섯, 솔방울, 도토리 등 너무 많
을 때 주워 가도 된다는 계절이 있어 Sign을 붙여 놓았을 때는 주워
와도 되는 Permit 있을 때만 국민은 아주 하나같이 잘 지킵니다. 이것
이 문화가 아니겠나 싶습니다.
 심지어 낙엽이 떨어져 밟으면 발목까지 빠지는 산골이 많이 있습니
다. 치우지 않습니다. 떨어진 나뭇잎이 썩어지면 비료가 되기 때문입
니다. 나무는 얼마나 크고 곧게 뻗어 있어 하늘 끝이 보이지 않습니
다. 비료가 좋아서 나무의 크기도 엄청납니다.

 한국에 산은 너무 잔약하고 불쌍해서 마음이 아픕니다. 정부는 한
번 생각해 볼 만한 문제라고 봅니다. 식목일에 매년 나무 심으면 무엇
합니까. 뿌리내려 보기 좋으면 양심 없는 인간군상들이 뽑아다 자기
네 정원에 심는다는데 얼마에 샀습니까. 굉장히 비싸다면서 돈벌이
됩니까.

식목일

나도 식목일에 나무 심어 봤습니다. 2011년에도 나무 심겠죠. 60년 전에 심은 나무는 다 어디에 갔습니까? 지금쯤은 이미 나무가 발디딜 틈이 없이 꽉 들어차 있어야 하겠거늘…

산은 앙상하고 흙이 벌겋게 들어나 있습니다. 산짐승이 숨을 곳이 없습니다. 땡볕에 그늘은 어디에도 보기 힘듭니다.

동면으로 들어가는 길목에 망사 치고, 망태기 치고, 뱀 사냥하는 사람들 TV에서 봤는데 너무 잔인했습니다. 개구리는 산란기에 나온 것을 망태기로 잡아가니 멸종이 안 되겠나 싶습니다.

산림국은 무엇 하고 정부는 무엇 하는 곳입니까. 경제국으로 세계 10~11번째라 들었는데 이런 상황은 어떻게 되는 것인지요. 법이 있어도 지키지 않으며 위법을 해도 under take인가 가하면 위법했으면 벌금 봉사로 국민에 지키게 해야 하는 것 아닌지 궁금합니다.

부끄러운 국민! Korean이 안 되었으면 합니다. 산이 살 좀 졌으면 합니다. 산나물, 한약제 마구 뜯어 가지 못하게 무법천지 한국이 아니었으면 합니다.

미국에선 식목일 듣지 못했으니까 있는지 없는지 모든 것이 내 것입니다.

그리피스 파크서 나무 자른 개발업자

그리피스 파크서 나무 자른 한인 개발업자는 집행유예 3년형을 받았습니다. 법으로 정해진 것을 모르고 자르고 베고 뽑아 가는 한국과 얼마나 다릅니까. 생활의 모든 것이 법입니다. 다 법을 절대적으로 따르죠, 엄하니까. 벌금도 크고 벌금 늦어지면 Panalty가 다시 붙게 되고 봉사도 몇 주, 몇 달 하게 되니까요.

시정부의 허가없이 보호종으로 지정되어 있는 나무 여섯 그루를 벌목한 한인 개발업자에게 괘씸죄가 적용돼 집행유예 3년형이 내려졌습니다. 내 정원에 있어도 벌목은 허가가 있어야 한다고 1건의 나무 보호 시조례 위반 혐의(초범 경범)를 적용 집행유예 3년 20일간 주교 통국(Caltrans Community) 봉사형을 선고받았습니다.

재판부는 LA지역 나무심기 프로젝트를 담당하고 있는 비영리기관 Tree People에 7,500달러를 벌금조로 기부하게 했습니다.

시 검찰이 제출한 소장에 따르면 그리피스(Holly Wood 간판이 붙은 산입니다. 아침부터 산책, 운동 등 하는 사람들이 AM 3:00에도…) Park 인근 라이브 오크 Drive 선상에 보호종인 나무 여섯 그루를 벌목업자를 고용해 자른 것인데 이 나무들은 해안 떡갈나무(Cast live oak tree) 두 그루, 남가주흑호두나무(Soathern califonia black walnut tree) 네 그루를 잘랐습니다. 이 나무들을 자르는 것을 목격한 시민들이 제지해 추가 피해를 막았다고 밝혔습니다.

검찰 측에 의하면 LA 시 건물안전국(DBS)은 개발예정지에 보호종인 나무들이 많아 재조사를 해야 한다는 이유로 한씨 측이 제출한 개발제안서의 승인을 보류하고 있었다고… 알면서도 무시하고 잘라 위법을 범했습니다.

때론 개인 마당에 있는 나무도 회기종이면 자를 수 없다는 것입니다. 큰 나무 자르려면 허가가 필요하다 했습니다. 심어 놓은 나무도 돈벌이로 뽑아 가고 잘라 가는 나라는?

Ohio 주지사 기소

 현직으로는 주 역사상 최초, 논쟁 않겠다 혐의 인정, 현직 주지사가 Golf 대접과 선물 등을 받은 것을 정식으로 주 윤리위원회에 밝히지 않아 검찰에 기소됐으며 혐의에 대해서 논쟁치(No Contest) 않겠다고 하고 사실상 혐의를 인정한 셈이 된답니다.

 이 문제는 Ohio 주 역사상 최초 현직에서 형사 기소를 당한 주지사라고(집안 배경이 쟁쟁, 27대 대통령의 증손자이며 연방 상원 의원의 아들이랍니다) 해서 Ohio 주민들에겐 '슬픈 날이라' 했답니다.

 우리 국민도 앞장서 부패 국회의원, 그 외 많은 직위에 있는 사람들을 기소하여 나라 망신시키지 못하게 주인 노릇하세요. 당신들이 이 나라 주인이니까. 국회의원, 나라 대통령도 당신들의 손끝에서 이루어진 것이 아닙니까. 뽑은 책임도 있어야 합니다. 국민 여러분.

 Ohio 주에서는 윤리위원회에 고의적으로 재정 상황을 거짓 보고하는 것 1급 경범죄(신문 들췄다 하면 ○억 그 억이 얼마나 큰 Value가 되는지는 잘 모르겠으나 끔찍이 큰 액수라 보겠습니다. 너무 사건이 많아 면역상태인가요?) 최대 6Month 징역형과 벌금 1,000달러까지 처벌이 된다 합니다.

 2001, 2004년 Golf 대접으로 75달러 입장료인가? Columbus Blue Jackets 경기 입장권과 식사는 모두 얼마나 될까요. 200달러 정도? 24만원 정도 되나요. 억과 얼마 차이가 되나요.

 요사인 2만 달러 받은 두 사람이 직위 박탈당한 것 봤습니다. 10억짜리도… 마치 만능 상태 천국과 지옥이네요. 그 차이가 이것이 법입니다. 우리의 법은 기본이 억?

이곳이 미국입니다

비만C여성, "살 빼라" 권고 의사 고발

뚱뚱한 여성 환자에게 "비만 이니 체,중을 줄이라"고 권했던 의사가 주 내과보드에 고발을 당했다. 그를 고발한 여성은

마사, 족쇄 공개 '살림의 여왕' 마사 스튜어트가 자신이 운영하는 옴니미디어의 수석 프로듀서 마크 버넷에게 자신의 발에 채워진 전자추적장치를 보여주고 있다. 〈AP〉

잘못 충고하다간 고소당합니다. 엄격한 법치국가? 민주주의 언론의 자유 의사가 뚱뚱한 여성에게 체중을 줄이라 권했던 의사가 주 내과 보드에 고발을 당했다 합니다.

본인이 원해서 물어봤을 때 Diet해야겠다고 말할 수 있으나 My Opinion, 이러한 만연된 민주주의가 집에서 부모가 공부하지 않고 노는 아이 숙제도 물론 하지 않는 아이 얼마나 많습니까. 이런 것 야단치기가 어려운 나라가 미국입니다. 타협을 해야지 강요는 안 되고 있으니까요.

아이들에게 공부해라 등을 한국같이 할 수가 없는 나라죠. 때론 아이에게 강하게도 나가야 하는데 그것이?… 안 되는 민주국가 미국입니다. 그래서 세계적으로 교육이 떨어진다 했습니다. 가난을 이기는 것도 공부, 잘살 수 있는 것도 공부, 희망과 목적이 있어야 공부합니다. 이것이 없으면 공부는 멀리하고 놀고 학교 결석도 많이 합니다. 공부합시다. 나를 위해서.

Obama 대통령을 소송하다

　법정 소송이 일단락되었습니다. '이유 없다' 기각했다는 판결이었습니다. 해서 어떤 사람들은 American Dream을 꿈꾼다 했습니다. 인권, 인격, 언론 보장해 주는 무시나 모욕은 더 안 되고 보장을, 보호를 받는 나라가 American Dream이라고들.

　Obama 대통령은 Hawaii에서 출생한 것이 아니라 케냐에서 출생했다고 하며 고소당했습니다. 미국이 International United America라 하지만 대통령이 되려면 미국에서 출생해야 한다는 것이었습니다. 소송까지 몇 차례 하위 법원에서 기각된 바 있다고 합니다.

　원고 측은 Columbus에서 열린 소송에서 판사로부터 법률을 정치적인 이유로 사용한다며 2만 달러의 벌금을 부과받기도 했습니다. 이곳이 바로 미국입니다.

Obama 대통령 부부 수입(2010)

    2009년 소득 550만 달러라 합니다. 179만 달러의 연방 소득세를 냈습니다. 책명은 『대담한 희망』 내 아버지로부터의 꿈에서 나오는 인세랍니다. 32만 9,000달러를 '아이티 희망재단', '연합 니그로 대학 펀드' 등 40개 자선단체에 기부했다 합니다.

    Obama는 연방 세금과 별도로 자택이 있는 Illinoise 주 소득세로 16만 3,000달러를 신고도 했다 합니다.

온통 얼굴에 혹이, 아바타 girl

　희귀 질환인 이 병은 중국 저장성 리수이 병원에서 사진과 같이 얼굴에 온통 혹입니다. 눈도 보이지 않는다고 하는데 어떻든 끔찍하죠. 수술을 장장 20시간 하여 일부 혹을 제거했다 합니다. 이 병명은 섬유 O형증이랍니다.

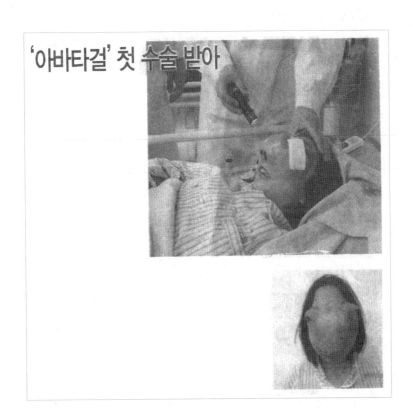

'아바타걸' 첫 수술 받아

Harvard 졸업장이 100달러라니

유명 졸업장도 사람 봐 가며 부르는 게 값, Internet에 들어가면 쉽게 찾을 수 있다 합니다. 10여 곳이 있는데 성업 중이라 합니다. 한국어, 영어 강사들도 고객이라네요.

성적증명서도 가짜, 박사학위도 공·사립대학과 전공과목도 100~200달러가 보통이랍니다.

한 가지 부탁은 절대로 내 입으로 어디 다녔다, 어느 대학 나왔다는 하지 말아야겠습니다. '타블로' 보시지 않았습니까. 질투, 선망, 시기, 뭐 그런 것 아니겠습니까. 거기에 재능까지 있으니까요.

가짜 졸업장 판매업체들은 평가해 주는 Diploma One, COM부터 A, B등급의 평가도 받는다 하네요.

Diplomaker, COM에서는 Package 상품으로 229달러 하고 성적증명서는 219달러라는데 곡식이 익으면 고개 숙이듯이 공부 많이 했으면 발설치 말아야 대접받는다네요. 쉿.

뉴욕 최고부자 '코크' Theater에 기부 1천 500만 달러

　석유 재벌로 억만장자라 했습니다. 링컨센터 내 New York 주립 Theater에 1억 달러를 기부했다고 합니다.

　New York Theater에서 열린 공연이나 Concert 감상한 세월이 40여 년이 된다고 세계적 수준이라 하며 1천 500만 달러를 기부하겠다 했으며 이후 8년간 1,000만 달러씩 지불한다고 마지막엔 500만 달러를 H 코크 Theater에… 미국에서 10위 안에 드는 부자고 Donation도 많이 한답니다.

요절복통 요지경 Hotel 24 Hours

'요절복통' 요지경 호텔 24시

''0번 Message' 잘못 읽어 마사지 호출

0번의 Message를 잘못 읽어 Massage로 읽어 마사지사 불러 달라고…

Hotel은 Motel이나 여관과는 틀린데 Front Desk에 화투 있으면 달라고 없다면 사 달란다고…

Slipper 주세요. Hotel에 들었습니다. Hotel과 Motel 구별 못하니… 부인과 와선 그러지 마세요, 탄로납니다.

Slipper 질질 끌고, Y Shirt 속에 입는 Shirt를 바지 속에 넣고 Slipper 질질 끌고 Lobby에 나와 앉아 털이 숭숭 난 다리에 바지는 걷어 올리고 큰소리로 전화받는 꼬락서니가 가관.

운이 좋아 물려받은 땅이 한 50배는 올라 팔아가지고 왔나 보죠. 이 미국 관광을 그 전엔 철둑길가에서 살아 작게 말하면 들리겠어요. 크게 크게 소리쳐야 들리지 않겠습니까, 습관입니다. 그래서 자고로 출신은 못 속인다 했습니다. 세월이 좋아 바야흐로 20세기 큰소리칠 만한가요.

Hotel Front에 전화 걸어 은밀한 질문도 한다는데요, 그게 무엇일까요. 좋은데 소개시켜 달라. 성인영화는 어디서 볼 수 있나. 제 가게 찾았던 손님이 그런 질문했었습니다만… 귀가 잘 안 들려서…

평면 TV는 아주 가볍다면서요. 27inch 정도면 얼마나 클까요 size가? 이 TV를 싸가지고 간답니다. 그러니 Tawell은? 몇 개나 가져갈까요.

아무 데서 침 뱉는 버릇 좀 고쳤으면 합니다. LA에선 길가에 침 뱉는 것 경찰에 들키면 Penalty 문다고 하던데요.

고속도로에 차 타고 가며 종이나 담배꽁초 쓰레기 버리다 들키면 1,000달러라는데요. 어떤 여자 분이 방송에서 설명하더군요.

어떤 여자가 남자와 Check in(Hotel에), 본 지인이 남편에게 알려 줬다는데 한바탕 육탄전이 벌어졌다는데 운이 좋은 듯합니다. Police 부르지 않아서 Hotel Image가 나뻐질까 아마도 Police 부르지 않았나 보네요. 슬리퍼 신은 데로 가시지요.

Hotel Room에서 벌거벗고 Room Service 받아 식사하는 사람도 있다는데요. 복도에 음식 그릇 내놓다 문이 잠겨 그만… 어떻게 되었을까요? 궁금합니다.

Up Grade해야 할 한인 사회

UP-그레이드 한인사회

몇이 모여 외국인에 대해 말하면 장관도 개네들, 쟤네들 하는데 그들이 자기네 친구인가 TV 쇼남에 나와서는 짐짢은 분이? 개, 쟤, 개들, 쟤들, 하고 있는데 어째 입니까. 좀 삼갔으면 좋겠습니다.

어째 왜 한국 분은 좀 나이가 젊어 보이든가, 학생이든가, 대학생이나 회사원이나 등등 내 나이보다 적어 보이면 반말하는데 언제 봤다고… 예의요, Maner인즉 반말 삼갑시다.

아들도 출세하고 나이가 많으면 해라가 어렵습니다. Cashiers Coffee Shop에서 야, 쟤 하는 인사는 삼갑시다. Bank Diller에게도 Bank 쓰면 썼지? Diller에게도 찍찍, 반말 지설이나니…

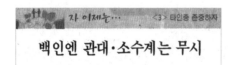

백인엔 관대·소수계는 무시

언어 폭력으로 Sue도 한답니다. 반말 하지 맙시다. 영어 한마디 못해서인가, 외국인 영어 하는 사람 백인에게 땀까지 질질 흘리며 절절 매면서 한인끼린 고성에 싸움까지 어찌하오리까, Maner 지킵시다.

조용 조용 말도 합시다.

오래전 Sauna에서 있었던 일입니다. 하도 큰소리로 떠드니까 Please! 조용히 합시다, Relax하러 왔는데 미안하지만 좀 조용히 하자고 부탁했습니다. 어떤 외국 여자가 했더니 그 여자 중 일행이 This is Public Place하지 않겠습니까. 누워 있는 여자가 일어나서 what? yes in here public place then be quiet! 하지 않아요. Public Place는 떠드는 데가 아니지 않습니까.

잘못 인식해서 공원에선 술 마시고 춤추고 소리치는 곳이 아닐진데… Go Stop은 보통이고 언제 우리 Manner 있는 문화가 자리잡을까요.
미국인들은 Smile 특히 문앞에서 서서 기다려 주기까지 하며 문 열어 줍니다. Elevator 앞에서는 Smile 하면 Good morning 합니다. Thank you good morning 잽싸게 안 나오죠. 속으론 아는데 한국 분은 다 화났어요. 경직되어 있어요. Gentleman이 준비가 안 됐어요. Elevator가 문도 열리지 않았는데 때론 사람들이 내리기 전에 마차 타듯이 먼저 타고 있죠.

20여 년 전 Bus를 타려고 기다리고 있었어요. 70도 훨씬 넘어 보이는 남자 분이 Lady라고 먼저 타라고 해서 사양했더니 Lady first 타야 한데요. 그들의 생활 습관이 머리에 박혀 있어요. 그게 Manner겠죠.
Bus나 전철 타는데 뒤에 손대고 밀고 옆구리에 손대고 떠밀고 하는데 이곳에선 절대로 아닙니다. 성추행으로 오해받을 수도 있다는 것 한국엔 Bus가 막 떠나니까 이곳은 손님 타기 전엔 절대로 안 떠납니다. 기다리고 있던 손님들에게…

참으로 해괴망측한 일이 차도에서 생기곤 하지요. 차선을 바꿔야 해서 Signal 넣고 진입하려 하면 못 들어오게 천천히 오든 차가 빠르게 달려옵니다. 이곳은 신사의 나랍니다. 차선(Aline)을 바꾸려고 하면 양보해 줍니다. 고맙다는 표시로 손들죠만 양보해도 손들어 예의 표시치 않습니다. 어떻게 그리도 심통이 바가지인지 옛날같이 똥찌른 막대기죠. 한심해서 부끄러운 습관입니다.

일러스트=이태섭 화백

하고 가볍게 성수를 울렸다. 백미러를 통해 운전자를 확인한 한인은 "에이, 참을성 없는 멕XX"하고 악담한뒤 미지못해 차를 뺐다. '멕시칸'으로 부르지 않고 비속어 '멕XX'로 소리를 쳤다.

잘못을 저지른 한인이 화를 낸 이유는 명확하다. 멕시칸을 무시하기 때문이다. 강자에 약하고 약자에 강한 일부 한인의 잘못된 태도를 보여주는 사례는 헤아릴수 없이 많다.

백인들어 말을 걸면 친절하게 웃으며 대하는 반면 같은 소수 인종인 흑인·라티노에겐 대하는 눈빛부터 다르다.

한인들이 그들을 무시할만큼 미국땅에서 고위직 인사를 많이 배출하거나 주류사회에 영향력을 행사하는 것도 아니다. 지난해 8월 취임한 라티노 소니아 소토마요르 여성 대법관이나 첫 흑인 대통령 버락 오바마를 보면 우리가 훨씬 뒤처진 것이 현실이다.

타인종을 무시할만한 과학적 근거가 존재하는 것도 아니다.

학자들에 따르면 인종간 지적 능력 차이는 무시해도 좋을 만큼 미미하다. 한인들이 '인종의 용광로' (멜팅 팟) 미국에서 진정으로 인정받으려면 남을 존중하는 습관을 키워야 할 것이다. 미국 독립 선언문 제2장은 "모든 인간은 평등하게 태어났다"고 적시하고 있다.

▷제보: (213)368-2657

이두형 기자
leedoo@koreadaily.com

도덕적 불감증 Copy합시다.

올 추석 우리가족 고스톱 통일 규칙
1 1점에 100원, 3점이면 난 것으로 함.
2 그 밖에 모든 룰은 할아버지의 판정에 따름.
3 엄마 할머니한테는 한 판에 2000원 이상 따갈 수 없음.
4 아빠는 '소리 고' 금지
5 딴 돈은 모두 노래방 비용으로 쓸 것.
6 게임 시간은 저녁 식사 한 시간 전까지.

가족간에 이러진 말자, '진상' 베스트 7
1 술 먹고 화투 치는 사람. 우김질·말 바꾸기 등 분란을 만들 소지가 다분하다.
2 따고 배짱. 고스톱 판에서 가장 얄미운 선수다.
3 불리한 상황이 닥치면 험한 말부터 하는 사람.
4 점수 계산이 분명치 않은 사람. 한번 신뢰를 잃으면 계속 의심받는다.
5 '아이고 집 한 채 값 잃었네.' 시종일관 잃는 소리 하는 사람.
6 시도 때도 없이 열고를 외치는 사람.
7 꿈쩍 않고 광만 파는 사람.

친선도모를 위한 노하우 7
1 판돈은 가족 모두에게 부담 없는 최소단위로 한다. '1점당 100원'이 기준.
2 게임 전, 반드시 '우리가족 고스톱 통일안'을 만든다. '담합(이른바 쇼당) 시도 금지' 등.
3 실력이 달리는 선수에게는 특별 룰을 적용한다. '00에게는 피박·광박 면제' 등.
4 2명 1조로 팀을 꾸린다. 부부가 한 팀을 이뤄 교대로 치면 경기 과열을 방지할 수 있다.
5 시간을 정해 놓고 친다. 오래 하다 보면 게임은 과열되기 마련이다.
6 딴 돈은 반드시 가족의 행복을 위해 2차 유흥(음식점·노래방 등) 비용으로 쓴다.
7 게임 중 되도록이면 말수를 줄여라. 특히 돈 잃은 선수에게는 말조심해야 한다.

그래도 '선방' 하고 싶다면 ~ 방어법 7계명
1 초급자의 오른편에 자리를 잡아라. 어부지리를 획득할 기회가 많다.
2 난적은 피해가라. 그의 왼편에 앉으면 광 팔 기회가 많아진다.
3 초급자의 기분을 건드리지 마라. 그는 무법자다. 건드리면 불똥 맞는다.
4 초급자 2명이 낀 판에는 반드시 참여하라.
5 적군의 초구 2장을 기억하라. 거기에 실마리가 있다.
6 게임 시작과 함께 집중력을 높여라. 상대의 수비가 가장 허술한 때이다.
7 상대가 자신을 견제하도록 유도하라. 견제가 반반해지면 실책을 범하기 마련이다.

동료 험담이 미국 4배

한국 직장인 동료험담 미국인 보다 4배 많아

한국 직장인들은 미국인에 비해 동료 험담을 4배나 많이 하는 것으로 나타났다.

취업포털 잡코리아(www.jobkorea.co.kr)는 세계 최대 온라인 채용 포털인 몬스터월드와이드와 공동으로 최근 한국과 미국 직장인 1만702명(한국 1366명, 미국 9336명)의 '동료 험담'에 관해 설문조사한 결과, 한국 직장인의 80.2%가 동료 험담을 한 적이 있는 것으로 드러났다고 8일 밝혔다.

이에 비해 미국 직장인의 험담 경험은 22.1%에 그쳤다.

세계 Tips 문화

미국에선 Tips 받는 것이 주(State)마다 법으로 정해져 있다 합니다.

New York은 Tip이 제일 비싸다고 합니다. Service해 주는 것은 노동이니까 Tip 놓지 않고 그냥 나가면 따라 나가 Tip 주고 가라 한다니… New York 들어가면 몇%의 Tip이냐고 물어보는 것도 현명하다 하겠습니다. 물어봅시다. 주빗주빗 하지 말고.

반면에 Service가 엉망이든가 맘에 안 들면 Penny 한 개 놓고 나오면 Service가 엉망이란 뜻 아니면 No Service, No Tip 써놓고 말 못한다 합니다.

Bar에선 Tip이 원칙적으로 성한 곳이라고 합니다. Service에 따라 이유 없이 Tip 많이 줘도? 팔불출이라고.

식별이 아주 쉽습니다. 공짜 돈 쓰는 사람과 땀 흘려 번 돈과 그 씀씀이가 틀리다는 것! 너무 짜도 안 되고 너무 흥청망청이면 뇌물이나 뭐 그런 돈이…

Restaurant Delivery, 즉 Service 받으면 모든 음식값에 15%~20%가 적정가입니다.

점심시간과 저녁시간에 Tip에 변동이 있다고 합니다. 20%~30%도 된다고 합니다.

Service가 끝내 주면 내 맘도 네 맘도 추가로 Tip을 더 놓게 됩니다.

공항, 주차장, 택시 등 Porter에게 가방당 1달러인데 무거우면 당신

네 마음! 2달러.

짜게 주면 따라옵니다. Tip 적다고… Tip 줄 돈을 항상 준비하세요, 잔돈으로…

Taxi 요금엔 10~15% 주는데 새벽이나 많이 기다리게 했으면 그 대가를 지불해야 한다고 봅니다. Taxi 기사가 밥인가? 빡하면 때리고 욕하고 행패 부리고 폭행하니…

술 때문이라고 어째서 관대합니까? 법이 관대합니까? 술로써 인생 망칠 수도 있다 하겠다 해서 술에 취해서 죄송합니다. 말이 됩니까? 이런 것은 한국 문화에 큰 문제가 있다고 보겠습니다. 국민들도 책임지고 법을 고치셔야죠.

한국의 문화가 나라 망신시키는 것 아십니까? 정부의 책임도 있겠지만 국민의 책임이 더 큽니다. 30년 독재 무너뜨린 Egypt의 국민이었으니까. 우리 국민이 고쳐나가야겠습니다.

Europe에선 한국과 같이 Tip이 15·20% 음식값이나 그 외 영수증에 포함돼 있습니다. Tip 줄 잔돈이 없으면 음식값을 Table에 앉아서 주시며 Riced 주세요 하면 같이 거스름돈 가져왔을 때 영수증 보고 Tip을 주는 것도 15~20%라는데요. Dinner는 20%~30%랍니다.

영국에선 선술집에선 Bartender에게 마실 것을 사 준다 합니다. Tip 주면 실례랍니다.

덴마크에선 Tip을 안 줘도 된다 합니다.

Island에선 waiter에게 Tip을 주면 예의에 어긋난다고 여긴다 합니다.

크루즈 여행시 내 Dictionary는 60년 전쯤 전에 산 것 같습니다. 크루즈 단어가 없네요. Spelling이 정확한지 찾아 보곤하는데 없어요.

그때는 Hollywood 영화에서만 본 것 같습니다. Hotel과 같습니다. 침대와 욕실 쓰고 흐트러지면 Maid가 들어와서 정돈하고 Towel 쓴 것은 가져가고 새 Towel로 바꾸어 주는 것과 같이 크루즈에서도 방 Maid가 있어 밖으로 나갈 때는 2달러 놓고 나가다 그 사람이 쓰는 것과 몇 식구가 쓰는 것에 Tip은 달라집니다. 5달러 정도?

Tip은 틀림없이 놓아야 한다는 것. Tip 문제와 그 외 이유가 있을 때 'No disturb' 푯말이 문에 걸려 있으니 밖에 문고리에 걸어 놓으면 되겠습니다.

Bell boy Tip, Hotel, 크루즈 등 그 외 있습니다.

가방 들어서 방까지 갖다 줍니다. Check in 할 때는 기다려 주고 Check out 할 때는 몇 시까지 와달라 하면 옵니다.

Trunte의 수에 따라 Tip은 개당 2달러? 마음대로… 주셔야 한다는데요. 나 편하려고도 그것 또한 Manner입니다.

Retaurant 예약해 주면 Front Desk에 예약 담당에게 Thank you는 해야겠죠. Smile도 잊지 마세요. 그리고 Tip도 3~5달러라는데요.

Holiday Season엔 일하는 사람들의 대목이니까 있겠죠.

Bell Boy, 신문 배달, Maidman, 쓰레기 수거원, Gadener에게 수고비로 인심 쓰시면 어떻겠습니까.

Make Love

미국에서 Make Love, 아름다운 표현이라 생각했습니다.
우리 한국은 같이 잤어, 합방했지.

남자와 달리 여자는 좀 어색하죠.
Make Love 한 다음 그 순간부턴 얼마나 가까워집니까. 사랑을 둘이서 만들었으니까. 한국에서도 합방이나 같이 잤어가 아니라 사랑을 했어가 어떨까 싶은데요.
부부가 싸워 서로 말을 하지 않으면… 서로 손해 봅니다. 남편 쪽에서 먼저 손을 내밀어야겠죠.

몇 십 년 전인 것 같아요. 차를 타면 기사 분이 화가 나서 차를 막 운전하시죠. 불안하게 되죠. 그때 Make Love란 영어 단어에 대해서 말하면 웃으며 단박에 운전 솜씨가 달라집니다.
화내시지 말고 오늘은 조금 일찍 들어가서 부인과 Make Love를 하세요. 내일 아침 상도 달라지고 출근도 아주 마음 가벼워져 행복도 느껴지겠죠.
아무리 영어 못하셔도 Make Love라고 사용해 보시면 어떨까요.

아내와 애인

할 데이비드가 쓴 책인데 정말 오래된 책입니다.

남편이 한눈 팔면 화나시겠지만 당신들의 책임이라 했습니다.

이혼하지 않으려면 거울 한 번 보시라고 부탁하고 싶다고 하고, 그러지 않아도 권태기인데 집에 들어가면 지저분하게 널려져 있고, 아이들은 찍찍 빽빽 울어대고 마누라 머리는 파발이 되고 옷은 어디서 그런 옷이 있을까 싶을 정도로 펑퍼짐하고 버려도 될만한 옷인데 어째 입고 있을까 싶습니다.

세수하고 로션이나 발랐나 싶다 하니 누가 당신을 보겠나. Make Love 오늘은 해야지 하다가도 입에선…

미국엔 옛날에 집 들어가는 길가에 Bar가 있어 문에는 Happy Time 이라 써 있는데 들르면 보드카 한 잔에 안주도 한 쪽…

집에서 잔소리하는 것 막으려면 그리고 그 꼬락서니도 보이지 않는다는데요.

슬그머니 들어가 나 피곤해 Shower하고 술 들어갔으니 자겠죠.

이런 과정이 누적되면 볼멘소리가 나와도 I don't care you don't care가 되겠죠.

밖에 나가면 향수 냄새에 단정하고 예쁘고 아름다운 여인이 많다는 데요. 무엇들 하십니까?

손에 낀 반지가 당신을 지켜 주겠습니까? 아니죠. 아들딸이 어떤 Power가 되겠습니까? 주부들이여, 거울을 보세요. 몇 십 년 전에 입던 옷은 버리세요. 남편이 옛날에 무슨 옷을 좋아했었나.

벽에 놓여 있는 Code와 같은 여자는 되지 마세요. 피곤도 Make Love 하면 더 잘 풀린다 한다는데 Code 노릇만 하지 마세요.

옛날엔 남정네가 대문 밖에 다니면 남의 남자! 저녁에 대문 안에 들어서면 내 남자 했답니다. 꽃이 활짝 피어도 냄새가 없으면 벌이나 나비가 온답니까?

목욕 늦게 해서 구리푸를 말고 있는 것을 봤다면 보여 주었다면 어떨 것 같습니까? 내 권리는 내가 찾아야겠습니다.

단순한 남자, 복잡한 여자라 했답니다. 애인은 항상 단정하고 아름답고 신선합니다. 벽에 놓여 있는 Code 노릇은 이제 그만하시죠.

남편의 취미가 나의 취미

'재미없는 운동 보러 가자고 남편으로부터 청 받았을 때 거절하지 말고 따라나서라. 예쁘게 단장하고 딴 사람이 당신을 쳐다볼 수 있게' 알버트 아인 슈타인의 부인의 설명입니다.

상대성 원리가 무엇인지 알고 있습니까? 모르지만 그가 Coffee를 몹시 좋아하는 것은 안다고 대답했답니다. 상대성 원리는 잘 몰라도 좋아하는 것 즉 식성 취미를 알고 있다 했습니다.

부부는 형성된다고 합니다. 취미가 없어도 있는 척은 해야 할 것 같다 합니다.

행복한 아내가 되는 길

로이스 버드 저서에 옛날 속담 중에 여우 같은 여자와는 살아도 곰 같은 여자와는 살기 힘들다고 했답니다. 반대로 될 수 있다는 설명이 되겠습니다.

갔소, 들어왔소 하면 어떨 것 같습니까.

아내들이여, 어떤 부류에 속하는지 본인이 생각해 볼 일이라고 합니다.

결혼해서 남자는 거의 나이에 비해 젊어 보이는데 아내는 나이보다 더 나이가 들어 보인다는 것입니다.

항상 거울을 보고 웃는 연습을 해야겠습니다.

자신을 살펴보세요. 한 번 선로에서 탈선하면 그 가정이 원상 복귀한다 해도 상처는 어디로…

몸치장은 어째서 하지 않습니까? 외출할 때만 Make up 하는데? 자고로 남편보다 먼저 일어나 입술 바르고 있다면… 물론 머리는 단정하게 다듬고 그리고 아침 준비해야 한다 했습니다.

황소같이 집안일하고 아이들에게 헌신하는 엄마, 그러면 당신 자신은 요사이 이산가족이 한국엔 많다 들었습니다. 내 인생 잘 살아 산 교육 보여 주는 것이 제일이라 합니다.

남편은 한국에 있고, 엄마와 어린아이들은 미국에 있고, 그게 뭐하는 것인지 이해가 안 가는데요. 내 인생은 어디로 갑니까?

 제일 중요한 것은 부부가 사랑하는 것을 애들에게 보여 줘야 하는 것, 그게 제일 큰 비중의 산 교육이라 하겠습니다. 말로 사랑하는 것으로 교육은 안 될 것이라 봅니다.

여자와 남자의 틀린 점

Episode 1

여자는 벽에 붙여 놓은 Code와 거의 비슷하다고 생각이 듭니다. 사랑도 상대의 필요에 의해 이루어집니다. 불꽃이 튀는 사랑도 원하며 신호를 보입시다.

귀가할 때 환영하세요. 아이들에게만 시키지 말고 귀가를 부담스럽게 하지도 말고요. 귀가가 기다려지는 남편을 만드는 것은 당신들의 책임입니다.

Make Love도 여자는 준비된 상황에선 행복하나 남자편에선 즉흥적이라 했습니다. 남편이 원할 때는 거부하지 마세요.

Episode 2

옛말에 소 잃고 외양간 고치지는 말자 했습니다. 남편들은 거부하지 않는 이유가 깨끗하고 예쁘게 단장한 콜 걸을 찾게는 하지 말라 했습니다. Madam 넬 킴블의 책의 내용입니다.

남편들이 귀가 늦어지든가 뭣인가, 귀찮아한다든가, 몹시 피곤해 한다든가, 무엇으로 풀어 줄 수 있나 해서 New Jersey에 사는 어느 부인은…(아마도 House에 살았나 봅니다)

① 남편의 사랑을 위해서 실오라기 하나 걸치지 않고 오버코트만 입고 뒷문으로 나가 앞으로 가서 문을 노크, 남편이 문 열었을 때 코트를 활짝 열어 제쳤더니 남편이 번쩍 안고 들어갔다 합니다.

② 어떤 부인은 역시 벗은 상태에 부츠 신고 허리에 장난감 총 차고 남편이 문 열었을 때 오버코트 제치고 손들어 했답니다. 박장대소가 이루어졌겠죠.

③ 때론 다 비치는 잠옷만 입고 남편을 맞이해 보는 것도 사랑의 약 처방이라 한답니다. 남편의 환한 웃음과 그 무거웠던 가방은 그 자리에 놓고 부인을 번쩍 안아 어디로 갔겠습니까.

④ 추운 겨울이었다 합니다. 늦어지는 남편 술도 한 잔 걸치고 냄새 나기 시작하는 남편을 작동시키는 방법을 이 책을 보고 자기 나름대로 시도했답니다.

슬그머니 나가 앞문을 두들겼는데 남편이 나왔답니다. 벗은 몸에 겨울 코트만 입었던 부인이 활짝 열어 제치니 남편이 너무 놀라 문을 쾅 닫고 여보 여보, 저 밖 현관에 어떤 미친 여자가 와서… 빨리 나가 보라고 하더랍니다.

너무 추워 초인종을 다시 눌렀는데 문 열어 주지 않고 부인만 찾으니 말이 되겠습니까. 해서 나라고 문 열어 달라고 했답니다.

남편이 어리둥절해서 문 열어 주며 어떤 미친 여자 못 봤냐고 물었답니다.

부인이 그게 나였다고 당신 즐겁게 해 주려고 그랬다고 하니까 그때서 입이 찢어지게 웃으며 Kiss도 계속하고 상상이 가십니까?

Episode 3

① 남편에게 절대 충고하지 마세요.

② 대화를 하세요. 남편 직업에 대해서 조금은 공부하세요. 그리고 물어보세요, 그게 무엇인지.

③ 웃기는 방담책을 사다 한 대목씩 외워 웃을 수 있는 방담하는 것
   도 서로에게 누적된 피곤과 스트레스가 풀려 따사한 가정의 분위
   기도 되며 늦은 퇴근도 막게 된답니다.

④ 지금은 고인이 되고 젊었을 때 검찰총장을 몇 번인가 했다는 분
   의 설명인데 기생으로 있던 여자와 재혼한 남자 분들은 너무 행
   복하고 으시댄다고 하더군요. 직업이 남자 상대였으니까 그들의
   상태를 잘 알기에 집에선 큰 불만이 없답니다.
   군림하고 싶은 남자 심지어 불도 지르고 복종도 해 주고 모시기
   도 해 주니까… 가정이 평안하다 하더군요.
   남편의 취미를 파악하라 합니다. 야구를 볼 줄 몰라도 따라가세
   요, 거절치 마시고. 축구에 대해선 선수의 이름이나 재능, 몇 골
   정도 넣었다고 기억해 두는 것도 집안 분위기가 행복해진다 합
   니다.
   밖으로 나가 방황하게 히지 말라 합니다.

Episode 4

① 남편이 것돌면 집에 일찍 들어올 수 있는 이유를 만들어 주세요.
   이따금씩 남편에게 전화하며 부드럽고 여운있게
   당신 피곤하지 일찍 들어올 수 있어요.
   당신 좋아하는 xxx만들어 놓을게요.
   피곤하면 당신 좋아하는 Coffee라도 한잔 드시고 일하세요.
   해보랍니다. 대답은 바뻐 왜 전화했어 해도 얼굴엔 담박 행복한
   미소가 감돌 것입니다.

② 전화해서 벽에 Code가 고장나려고 해요.

일찍 들어와서 살펴봐 주세요.

오늘 무엇 드시고 싶으세요.

내가 얼른 장만해서 만들어 놓을게요.

잊지 마세요, Code가 너무 쓰지 않아 녹슬려고 해요.

Spark도 일어나지 않아요.

이따금 남편이 혼자 Smile 할 수 있게 피곤도 풀 수 있는 단 둘만이 대화의 비밀이 있어 말해 웃게 만들라 하면 남편도 전화를 해 줄 것입니다.

Episode 5

어느 부인(아내)은 애들이 잠들었을 때 일에 지친 남편에게 줄 수 있는 것은 운동입니다. 아무리 피곤해도 그 운동만은 힘이 따로 있다 해서 힘을 길러 줘야 한답니다. 피곤하다 하고 쉬고 걸르면 잊어버리게 된다지요.

이 부인은 남편이 좋아하는 색의 털실을 문고리에 걸어 놓고 그 줄에 초대장을…

초대한답니다. 남편이 좋아하는 옷을 입고 촛불도 켜 놓고 와인도 준비해 놓고 기다렸다면 초대장 받고 실따라 들어오겠죠.

성애를 끌어내는 하나의 수단 기교 방법이 될 것이라 생각지 않으세요. 기다리지만 말고 고단하다 자면? 성애는 길러야 한다지요.

아내들이여, 귀찮다고 배부른 소리 마세요. 감나무에서 감 떨어질 때까지 기다리면 스릴이 없어 쾌감이 부족하다는데요.

영어요

영어의 용도에 따라 공부하기

미국에서 영어 못하면 벙어리, 귀머거리 장애인이나 다름없다 보겠습니다. 공부하려면 책을 읽어야 하니 문법이 필요하겠고, 회화가 필요함은 사회생활 의사소통이 말이겠죠. Hearing, Listening, Leading이 포함되겠습니다.

아이가 엄마, 마미가 첫 말인데 몇 달이 걸리나요? 얼마나 많이 반복되는 발음인가요.

아무리 영어 실력이 좋아도 회화완 틀리다 해서 무조건 큰소리로 읽어야 한다고 봅니다. 읽어야 내 소리를 듣고 발음 교정이 됩니다.

단어를 따로 외우고 문법 해독하면 회화가 되겠습니까, 금방 대답이 안 됩니다.

Elevator 앞에서 알던 모르던 Good morning 합니다.

안면이 있으면 Good morning, How are you! 합니다.

습관이 안 되면 알고 있는 단어에 어느 책에서 100번을 읽었을 문장인데 금방 인사가 안 나와 진땀 뺍니다.

입에서 나오는 발음도 자신 없고 해서 눈으로 보고 크게 읽고 듣고 해야 도움이 됩니다.

영어 공부의 시작은 필요한 책을 선택해서 1과부터 큰소리로 따로 외울 생각 말고 혀끝이 풀리게 계속 읽습니다. 그래야 발음이 부드러워지고 그 쉬운 Good morning도 쉽게 받아 인사하게 됩니다.

따로 외울 생각 마시고 혀끝이 달달 풀릴 때까지 읽어야 합니다. 속
으로 읽지 말고 큰소리로 그래야 눈으로 보고 읽고 듣고 할 수 있으니
까. 발음 교정이 됩니다.

Reading을 크게 해야 Hearing, Speaking이 되는 것입니다.

미쳐야 영어회화 할 수 있다

1970년대는 일본인 관광이 시작되었습니다. 일본과 가장 가까운 Guam에 신혼여행을 옵니다. 우리의 젊은이들이 신혼여행을 제주도로 가는 것과 비슷했다고나 할까요.

Guam으로 이민 들어왔는데 허허 벌판이었고 Hotel 건물만 있고 거의다 옛날에 살았던 한국의 초가집이라 할까, 거의다 단층건물이었고 아스팔트도 겨우 만든 지가 몇 달 정도였습니다.

이런 곳에 Duty free shop은 몇 군데 있었는데 일본인이 경영하고 있었어요. 영어는 용도가 없었어요. 일본에서 오는 관광객뿐이었으니까요. 영화에서 보듯 미국이란 곳이 화려하지 않았다는 것이죠. 어느 곳이든.

박성원 씨 일본어 교재를 가져왔었는데 따로 외워도 잊어버리고 했었는데 발음 교정이 필요해서 읽기 시작했습니다.

그러다 큰소리로 제1과부터 50번 읽고, 또 100번 정도 큰소리로 읽었는데도 떠듬떠듬하며 나도 듣기가 한심하더군요. 해서 몇 백 번을 1과만 읽었으며 녹음기에 넣어 들어봤는데 참으로 듣기가 창피하더군요. 다시 읽고 반복하길 거의 800번 넘게 읽은 것 같았어요.

녹음에 넣어 들었을 땐 만족했습니다. 그래서 2과 3과 자꾸 시간이 단축되더군요. 10과가 넘었는데 5~6과가 따로 외워지더군요. 한 권을 49과인가 다 그렇게 읽기만 했는데 거의 문장이 따로 외워지게 되었어요.

혀끝이 풀려서 무슨 말이든 쉽게 나오더군요. 4Month 동안 읽고 취직이 되는데 회화가 아니라 말도 책 읽듯이 했어요. 젊은 도쿄에서 자란 여자 분이 발음을 교정시켜 주어서 도움이 되었어요.

남자 손님이 "안타 니혼진 우마레" 하는 것이에요.

아니라 했더니 일본 사람 같다나요, 일어 발음이…

읽어서 혀끝이 풀려야 합니다. Good morning 몰라 대답 못하겠습니까?

아가가 음부터 시작해 마 소리까지 아마도 7~8Month가 걸려야 엄마 소리가 나오듯이, 반복되는 연습이 준비되지 않고 Good morning 나올 수 있게 되는 것이라 생각됩니다.

단어 열심히 따로 외운다고 영어로 말할 수 있다고 보면 잘못 생각한 것입니다. 영어회화 하려면 문 걸어 잠그고 큰소리로 읽으세요. 발음이 교정됩니다. 크게 읽을 때 듣는 Hearing 연습하고 눈으로 글을 보고 읽을 때 뇌에 Memory가 되는 것이고 발음도 교정되는 것입니다.

한 번 시도해 보세요. 마음 결정을 하고 두문불출하고 읽기만 하는 것 보통 결심 아니라는 것.

내 약속하지요. 영어회화도 부드러워지고 반 이상은 영어 단어 그리고 문장도 외워질 겁니다. 문법 단어 따로 외워선 회화는 할 수 없습니다. 책은 봐도…

성과 본 분이 있으시면 점심이나 저녁 사겠으니 전화 주세요.

노력 없이 이루어지는 게 있습니까? 없습니다

Henry Ford의 말에 가난한 사람은 돈이 없는 사람이 아니라 꿈이 없는 사람이라고 했습니다. 꿈이 없는데 목적·목표가 있을까요?

순간에 생각나는 아이디어가 떠오르는데 나중에 하고 적어 놓지 않으면 까맣게 잊어버립니다. 즉시 메모해 두시면 도움이 되겠죠.

옛날에 개 눈에는 개만 보이는데 부자 되려는 사람은 모든 세상이 돈으로 보인답니다. 저것도 하면 돈이 되겠고 그게 아이디어라 합니다.

미국에서 영어 못하면 장애자나 마찬가지입니다. 큰소리로 읽으세요. 따로 외울 생각 마시고 혀끝이 미국 사람 같이 발음이 풀릴 때까지 읽으세요! 대충은 안 됩니다. 아니 시작한 것만 못합니다.

영어 단어 50개

발음만 명확하면 상대는 알아듣게 됩니다. 발음이 명확하지 않고 얼버무리면 아무도 이해를 못하는 영어가 되겠죠.

많은 시간 동안 읽어 발음이 명확해지면 배짱이 생깁니다. 우선 상대를 이해시키세요.

My English Very Poor
You don't Mine. My English very poor!

가지고 온 Dictionary를 보여 주세요. 보통은 말이 빠릅니다. 숨도 안 쉬고 말하죠.

Please can you speak too slowly?

한 번만 더 말해 주세요. Please하세요.

발음을 모르겠으면 종이와 펜 주고 단어 적어 달라 하면 기쁘게 적어 줍니다. 이들은 아주 친절합니다.

나보고 Your so gute해요. 가만히 있지 말고 Thank you하세요.

발음만 좋으면 발음이 좋다고 칭찬합니다.

수영 마라톤 '외발 투혼' … 불가능은 없다

나탈리 뒤 투아가 여자 수영 마라톤 출발 준비를 하고 있다. 뒤 투아는 의족을 벗고 10km를 완주했다. <본사전송>

10km 수영 마라톤을 세계에서 16번째로 빨리 헤엄친 여자는 남아 공 선수입니다. 6세부터 수영을 시작하였는데 17세 때 교통사고를 당해 다리 한쪽을 잃은 24세의 나탈리 뒤 투아 선수입니다.

다리를 잃고 꿈을 펼친다는 것은 역경이었을 것입니다. 한때는 모든 것을 포기했었으니까. 수영도 인생도 어떻게 살아, 멀쩡한 다리 하나가 없어졌으니까요.

하지만 포기할 수는 없는 것. 병원에서 의사가 병 고쳐 주는 것 아닙니다. 내가 내 병을 고쳐야 합니다. 의사가 주는 조언과 약은 내 병의 일부분입니다. 포기는 죽음입니다.

나탈리는 다시 수영을 해야겠다는 꿈이 생겼으리라. 수영 마라톤이니까 물속에서 두 시간가량 헤엄쳐야 했고, 5km 정도 수영하면 음료수 또는 젤리 같은 음식물이 나온다네요.

얼마나 노력을 했겠습니까? 하루에 몇 시간씩 연습했을 것입니다. 내 노력으로 얻는 것이니까요.

수술실의 의사들의 대화

World News가 5년 동안 미국, 유럽, Asia 그 외 여러나라의 수술시 의사들의 잡담을 기록한 것입니다.

마취했다고 죽은 사람 취급하는 것, 성형 수술할 때 집중하지 않고 떠들어 대면 미세한 수술이 제대로 될까 의심스럽습니다.

또한 Angina 때문에 부분적으로 심장이 막혀 수술 부분을 마취하고 마구 퍼먹이는 것 심장황작제를 무자비하게 퍼먹여 밤새 토하고 열났으니까 그런 것을 은폐한 의사.

또한 생명이 왔다갔다 하고 하는데 5년간 관찰한 진 크래프 박사와 헬무트 바우어 박사의 설명은

① 낄낄대고 바람 피운 말도 하고

② 인턴이나 간호사와 Date한 것도

③ Golf 잘치는 법, 경험담도

④ 불필요한 수술 비용을 환자에게 마구 뒤집어씌울 궁리의 대화

⑤ 식사 주문, 수술 끝내고 먹을 것에 대해서

⑥ 환자의 사생활이나 치부에 대해 떠벌리는 것

⑦ 간밤에 과음으로 숙취가 심해 손이 떨린다고도

⑧ 한 번도 이런 환자 수술하지 않았다는 등

⑨ 환자 놓고 죽는다, 산다 내기도 건다는 것

⑩ 간호사나 조수에게 수술하다 담배 피우러 나가는 몰상식한 의사

⑪ 아내에게 전화할 것을 잊어 수술 중 전화 걸러 나가는 의사,
　체질에 따라 완전 마취가 되기도 하고 덜되기도 한다 합니다.

⑫ 정비공장은 어디 가야 친절하고 잘 고치나

⑬ 유부녀와 정을 통했다는 그 의사

　이런 대화 잡담이 수술실의 충격적이고 한심한 대화라 했답니다.

세균(Super Bacteria)

흔히 항생제는 어떤 병에도 잘 듣는 것으로 알고 있습니다. 그런데 이 Super Bacteria에는 듣지 않는다 합니다.

이 병에 걸리면 위가 아프고 소화도 안 되고 배도 아프고 먹는대로 설사도 한다 합니다. 곪기도 살이 썩기도 합니다. 제가 아는 분도 이 병에 걸렸는데 박테리아가 박테리아를 잡아 먹어 힘이 세져서 박테리아 전쟁이라고도 합니다.

1915년 이 Super 박테리아가 발견되었는데 세균이 세균을 먹고 산다 합니다. 면역력이 아주 강해서 천연항생제를 사용하는데 인체에 유해하며 돌연변이라 합니다.

FDA에서 연구하는데 발견이 어렵다고 합니다. 초음파 치료기론… 약은 아직 없으며 세포벽 용해 효소를 연구한다고 합니다.

2004년 TAXAS 주 '버럭' 이란 곳에서 한 환자가 치료 왔는데 다리가 썩어 가고 있었다 합니다.

환자는 포도상구균의 감염이 원인인데 이 세균이 박테리아에 감염된 피부조직을 먹어치우고 있었다 합니다.

이 병은 위에도 다리에도 생기는데 번식이 너무 빨라 치료는 어렵고 해서 더 번식하지 못하게 다리를 절단해야 한다고 해서…

세균 먹고 사는 박테리아 피지가 치료제가 된다 합니다. 오직 이 박테리아는 세균만 먹고 산다고 하니 무서운 병이라 합니다.

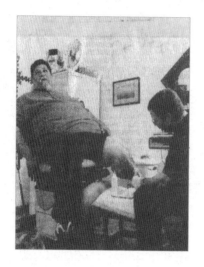

증식하는 과정에 분비되는 효소가 세균막을 용해시켜 사망에 이르게 된다고 합니다.

하나의 환부에서 분비되는 100여 종 이상의 세균이 서식할 수 있어 환자별로 세균의 정체를 파악하고 그에 맞는 박테리아 피지를 찾아내야 하는데 그게 쉽지가 않아 환자의 고통이 크다 합니다.

동유럽 국가에도 2009년 들어와 박테리아 피지가 인류의 과도한 항생제 사용에 따른 결과물인 항생제 내성 세균들의 위협이라고 합니다.

살릴 수 있는 항생제(박테리아 죽일 수 있는 항생제) 연구가 지금에야 박차를 가했다 합니다.

이 Super 박테리아도 살기 위해서 끝없이 진화하고 항생제와 사투를 벌인다고 한다니까 이 박테리아를 무력화시킬 수 있는 강한 항생제를 만들어야 합니다.

이 박테리아 피지의 진화를 인위적으로 막을 수가 없답니다. 이 박테리아는 돌연변이로 출혈 가능성이 심각하며 진화과정에서 인체에 심각한 위해를 가한다 합니다.

즉 박테리아끼리 먹고 죽이고 하니 이 틈새가 이 병에 걸린 사람은 고통으로 생명이 왔다 갔다 한답니다.

세균 감염성 다리 궤양, 위에 감염된 위궤양도 무서운 병이라는데요, 우선은 약이 없다네요.

심부전증 예방

카레가 효과가 있다 합니다. 심장비대 예방 치료에 도움이 된다 합니다. 운동은 절대 필수, 약간 언덕을 걷는 것은 유산소운동에 도움이 된다 합니다.

심장병은 제일 처음 다리가 붓고 아주 무겁습니다.

천근같이 무거워 움직이기 버겁습니다.

심장마비(Heart Attack)

하루 아침에 갑자기 오는 게 아니라 오래전부터 심장병이 있었던 것을 본인 자신이 몰랐겠습니다.

① 기름기 많은 음식을 좋아하는가.
② Stress와 과로로 늘 피곤했었던가.
③ 운동 부족이라든가.
④ 술과 담배 또한 음식 과식이 겹친다든가.

그 원인이야 많겠습니다. 뒤돌아볼 여유가 없어 자신을 혹사했든가, 이런 것은 본인만이 알 수 있는 상황이 아닐까 합니다. 본인이 생각해 볼 일입니다.

가슴에 통증이 오고, 갑자기 기운이 빠져 탈진 상태로 걷기도 힘들다든가. 본인이 느꼈어도 통증이 사라지니까요.

심장은 99% 막혀야 심장병이란 것을 찾을 수 있는 Stress Angina(협심증)이 있는가 하면, 너무 먹어서 혈관에 기름기가 막히는가 하면, 소리 없는 혈압으로 머리 혈관이 포화 상태가 되든가, 증상이야 얼마나 많습니까.

불 꺼져 가는 모닥불 같다가도 솔 바람에 불꽃이 사는 마치 그런 증상이라 움직이기도 힘들어 하다가도 일단 움직여야지 하면, 내가 먼저 일어나기도 힘들었을까 하는 것입니다.

그런 증상이 심장병 누적된 Stress 당료도 고혈압에도 비슷한 증상이랍니다. Stress에서 오는 증상은 정말 찾기가 어렵습니다. 심장 통

중까지 동반하니까.

심장병 증상과 마비 증상

① 다리가 제일 먼저 부어 무겁습니다.

　붓는다고 무거운 게 아니지 않습니까?

② 이따금 심장이 으즈즈 짓눌리는 듯한 느낌, 옥죄기도 하고 비튼다고나 할까 뭐 그런 통증

③ 약간 매스꺼리며 진땀이 솟습니다.

④ 이도 쑤신다고, 아래 이틀만 저리고 뽑아 가는 것 같이 아픕니다.

　강도가 심해진다 합니다.

⑤ 눈에선 불이 번쩍 합니다.

⑥ 진땀이 이마와 얼굴 등골 머리에 배입니다.

　심하면 땀이 흐릅니다.

⑦ 귀가 몽롱해지면서 어지러워 쓰러지게 됩니다.

　한참 있으면 통증이 끝납니다.

＊종아리는 제2의 심장이라 합니다. 보통 붓는 종아리는 흔한데 심장병은 종아리가 많이 붓지 않아도 천근같이 무겁다는 것이 특징. 병원에 가시면 다리 붓습니까 하고 의사가 첫 번째 물어보고 살핍니다.

＊머리가 아프시면 뇌졸중의 시작이 되는지 한 번 생각해 보세요.
본인이 술, 담배, 육식, 과식, Stress 받는 체질이라면.

＊코를 심하게 골면 발기부전증이 될 수 있다니 자가 진단해 보세요.

Check하셔서 Memo해 놓으세요.

당뇨병엔

① 당뇨
② 제2 당뇨
③ 급성 당뇨
④ 당뇨성 족부 궤양
⑤ 당뇨 말초혈관 질환
⑥ 당료병엔 살찌는 사람과 살 빠지는 사람이 있습니다.

족부 궤양이 발생한 부위에 혈류량이 늘어나면서 새로운 혈관 형성을 자극하게 된다 합니다.

다리도 때론 절단해야 합니다. 즉 합병증이 왔다 하겠습니다. 이는 말초혈관 질환으로 절단할 수밖에 없게 돼서 다리를 살릴 수 있는 새로운 치료법입니다.

무릎 부근 동맥혈전 하지에 혈액이 공급되지 않아 발과 발톱의 조직이 상하게 되고 다리도 붓고 섞어 들어가는 혈류량이 늘어나게 돼서 혈액이 통하지 못해 얼음같이 다리가 차고 딱딱하고 저리고 아프던 다리가 50시간 펌프로(신장 투석) 혈액이 통하게 되면 온기도 조금 돌고 혈색도 감각도 되살아나게 된다 합니다. 그게 신장 투석이라고 즉 족부 궤양이 회복되기 시작하는 것입니다.

아주 위험한 병이나 흔하지는 않아 일반적으로 시술은 아직 많지 않다 합니다.

어떻든 당뇨병이 있으면 싱겁게 먹어야 하고 고기도 생선도 거의 매일 조금씩 먹어야 합니다. 운동 걷기는 필수.

술은 안 되겠죠. 과식도 당이 높아지니까 악화되고 후회는 아마도 자기 상실이 아닐까 싶습니다. 여자보다 남자가 더 치명적이라 하겠습니다, 아시죠.

고혈압과는 아주 가깝다고 하는데요. 당뇨 있는데 혈압 없는 사람은 거의 없습니다. 시대 병이라 합니다.

당뇨병은 췌장에 인슐린이 부족해 생기는 병이라 합니다. 심장, 신장, 눈, 신경 및 혈관 신체 장기에 병이 생기게 된다 합니다. 당뇨병이 심해지면 신장이 나빠져 신장 투석까지 하게 된다 합니다.(매우 짜게 먹으면)

소변을 많이 보게 되는데 옛날에 소갈증이라 하여 갈증을 많이 느끼니까 물을 많이 마시게 되겠죠. 입에선 단내도 나게 되고 당분이 소변으로 빠지게 되고 소변에 거품이 생기면 영양분이 소변으로 빠져나갑니다. 영양분이 흡수되지 않아 기력이 빠지고 피로감도 오게 됩니다.

당뇨병은 체중이 빠지는 사람! 체중이 느는 사람이 있다 합니다. 체질이겠습니다.

집에 당뇨병 내력이 있으면 조심하십시오.

당뇨병인데 Stress 많이 받으면 정말 심각한 상황에 당 수치가 마구 뜁니다.

복부 비만이면 당뇨 체크를 한 번 해 보심이 좋을 것 같습니다.

당뇨병에

① 양파는 인슐린 분비를 촉진시키는 작용을 한다 합니다.

② 채 썰어 무쳐 보세요.

③ 라면 드실 때 끓은 물에 채 썬 양파를 넣고 한 소금 끓은 다음에 넣으세요.

④ 곰국 할 땐 양파는 통으로 넣었다 건져 버리세요. 그래야 풀어지지 않습니다.

⑤ 해초류를 많이 드십시오.

⑥ 버섯 종류를 많이 드십시오.

⑦ 녹차도 몇 잔 드시면, 어려우시면 녹차 가루를 음식할 때 넣으세요.

⑧ 운동하지 않으면 당뇨병을 고칠 수가 없으며 음식 조절은 필수입니다.

파킨슨병(치매)

Parkinson's Disease, 병명은 있어도 일단 걸리면 고치기는 어렵다 합니다. 의학적으로 약도 없고 치료법도 아직 찾지 못했다 합니다. 연구는 계속되고 희망적이라 합니다. 뇌질환 문제라고 합니다.

파킨슨이란 의사가 있었는데 1800년대에 걸렸다 해서 병명이 파킨슨병이라 했다는데 200년도 넘었는데도 치료방법이 없다 합니다.

① 근육이 떨린다 합니다.

② 행동이 느려지니까 운동도 못하게 됩니다.

③ 언어 행동이 어눌해지고 있는 것은 뇌 작용이 느려지기 때문이라고.

④ 근육이 뻣뻣해지고 경직도 됩니다.

⑤ 우울증이 생깁니다.

⑥ 수면 장애도 피곤하다고도 합니다.

⑦ 치매와 같은 증상도 있어 홍분도 잘한 답니다.

⑧ 언어 장애 어눌해진다고도.

⑨ 안면 경련.

⑩ 침이 흘러나오다 삼키는데 장애가 생긴다고, 침도 삼키지 못해 침을 흘린다고.

⑪ 먹을 수가 없으니 체중 감소가 온다고.

⑫ 변비가 심해진다고 소변 장애도.

⑬ 호흡 장애도 시작된다고.

⑭ 어지럼증 동반.

⑮ 허리가 구부정하기 시작한다고.

⑯ 혈액순환이 안 되어 발에 종창이 생기고 쥐도 나고.

⑰ 성기능 장애.

중요한 것은 도파민 신경세포가 줄어들어서 일어나는 현상이라고 합니다. 뇌신경 세포가 나이가 들면 사멸한다 합니다. 유전적이라고도 합니다. 보통 일반에 2~3배 정도랍니다.

파킨슨병은 진행이 느리다는데 나이 들어 이상한 행동하면 Memo 해 두는 습관도 도움이 되겠습니다. 어떤 것을 일단 잊어버리면 다시 생각하기가 어렵다고 합니다.

이런 증상은 본인만이 알 것입니다. 또한 손 떨림이 시작된다고, 한 손이 시작되면 다른 손에도 떨림이 온답니다. 얼굴 마비가 오기도 하고 관절염으로 잘못 판단되기도 합답니다.

혀가 떨리고 머리도 채머리 같이 흔들고 같은 말을 계속 반복하든가, 오래 있다 만나도 똑같은 말을 반복합니다. 근육상태가 나빠진다든가 신경질환이기 때문에 걸음걸이도 빨라지고 앞을 너무 숙여 넘어질 듯한 자세가 됩니다. 보통은 파킨슨 증후군이라고도 한답니다.

비타민 B, 칼슘, 마그네슘, 칼륨, 비타민 C 등 평소에 꾸준히 보조식품으로 이렇게 Vitamin체로 복용하고 꾸준한 운동이 미연에 방지가 되지 않겠나 싶습니다.

Memo해 놓으시고 걷기 운동하시면 어떨까요.

입에서 냄새가 난다

① 위가 나쁜 사람, 즉 소화를 제대로 시키지 못해 입에서 악취가 납니다.

② 혓바늘이 자주 생기는 사람, 우선 심장병이 있는 사람도 혓바닥이 갈라지든가 합니다. 과식했다든가, 과음일 때는 혓바늘이 돋습니다.

다시마를 질겅질겅 씹어 보세요. 효과 있습니다. 아니면 다시마와 콩을 삶아서 먹어 보세요. 당뇨병에도 효과 있다 합니다. 콩과 다시마엔 여러 가지 혜택받는 영양분이 포함되어 있다 합니다.

③ 영양 Balance가 맞지 않으면 부종이 생기고 살도 찌는 경향도 있습니다.

옛날에 가난하게 사는 동네 아주머니는 뚱뚱하고 아이들도 역시 살쪄 있어 이상하다 했습니다. 영양 불균형 현상이 있습니다. 부숙부숙한 외모가 편식하는 사람이나 살찌는 것도 편식에서 영양균형이 맞지 않은 것이죠. 한 번 본인이 생각해 보세요. 누가 알겠습니까? 본인 자신만의 생활이니까.

콩과 다시마는 장복해 보십시오. 편식은 물론 살도 빠지고 고혈압, 당뇨, 변비, 붓기 등에 효과가 있다 합니다.

철분, 요오드, 알긴산 등은 머리카락이 굵어지고 새치도 도움이 된다 합니다.

술독, 니코틴독이 희소가치가 있다 합니다. 소화 기능이 약해 선천적으로 트림을 잘 하는데 한 번 시도해 보시면 어떨까요. 무와 생강 갈아서 드셔 보시든가, 끓여서 차로 마셔 보십시오.

버섯의 효능

버섯은 노화 방지와 항암 치료에 효능이 있다 합니다.
혈압 강화도 혈중 콜레스테롤을 낮추어 줍니다.

표고버섯

약리 작용도, 항바이러스, 종양 효과도 있습니다.
하루 30g씩 꾸준히 먹어야 효과를 보실 수 있습니다.

팽이버섯

보통 어묵, 우동, 찌개에 곁들입니다.
찬 데서 자라기 때문에 겨울 버섯이란 애칭이 있습니다.
심장이 나쁜 사람은 많이 꾸준히 드서 보세요.
강심 작용, 항균 작용, 항종양에 효과가 있다 합니다.
예전에 아주 비쌌다 합니다. 된장국과 궁합이 좋다 합니다.

느타리버섯

옛날엔 잔치집 장국밥에 이 버섯을 양념하여 고명으로 얹혔다 합니다. 콜레스테롤을 낮추고 신경 예민한 사람에게 신경 강장제로, 베타글루킨, 셀레늄이 있다 합니다.

양송이

항암 작용, 항균 효과, 혈전 작용 렉티나시의 성분이 많이 있다고 합니다. 육류와 궁합이 잘 맞습니다.

고기 먹을 때 양송이버섯, 상추와 같이 기름이 체내 축적되는 것을 분해시켜 준다고. 약 효과가 있어서 건강에 좋다 합니다. Diet에 도움이 된다 합니다.

명지버섯

2000여 년 전부터 중국에선 약초로 쓰였습니다.

도인들이 따서 먹었다니 그래서 신초라 했겠습니다.

무제

　모자람이란, 모자란 사람들이 불만이 안밖으로 많다 했습니다, 해서 아무도 자신을 망칠 수는 없습니다. 본인 자신만이 망친다고 합니다.
　세상에서 죽어라 애써도 가는 마음은 사랑이라 했습니다, 해서 속일 수 없는 세 가지가 있다 합니다. 사랑, 가난, 기침.
　내 마음(사랑)이 누군가에 가서 돌아오지 않은 마음이 연민이라 합니다.

　부동산 위기는 10년 주기로 up and down한다고 합니다.
　세계 경제를 보면, 순풍에 돛 달듯이 경기가 회복되고 즉 상승하다 마치 어디에 부딪친 것같이(포화 상태에서 터지기 전) 바람이 슬슬 빠지듯 가라앉습니다. 미국의 부동산 현황이라 하겠습니다.

　세계적 경제공황이 2차 세계대전 당시 전후해서였다는데 지금 20세기 2009~2010년에 2차 세계대전 1940여 년보다 더 심각한 세계 경제공황이라 했습니다.
　750만 명이 실직이라고 하고 경제가 땅바닥까지 떨어지면 오히려 주워 담기가 쉽다 합니다. 50년 만에 닥친 불황이라 합니다. 금융 위기는 이번이 처음이라고 합니다. 전략과 전술은 실력이라고 합니다.

　요사이 Drama Pasta에서 음식 받아 놓고 얘기를 주고받다가 음식이

식는 줄 모르고… 대개 음식은 뜨거울 때 맛이 있다 하나 그 음식의 맛의 진가는 식었을 때 음식맛이 진짜 맛의 정점이라 합니다.

주방장의 자존심, 음식 남겨 들어오는 것은 창피한 일이라 합니다. 맛이 없어서 남겼나? 해서!

맛이 있으면 다 먹습니다. 그리고 칭찬합시다. 감사함의 표시도 해야겠죠!

경험은 돈 주고도 못 산다 했습니다, 해서 옛 말에 젊어서 고생은 돈 주고도 못 산다 했습니다.

경험이 없어도 잘 사는 사람은 부자 아빠 많은 경험담 성공담의 책들이 많으니 좀 보십시오. 가난한 아빠면(돈 주고 때리고 한 대 맞고 돈 받고 그래서 폭력죄가 적용된다면서요) 실패담으로 시작해 어떻게 역경을 이겼는지?

성공한 사람들의 책을 보십시오. 화술로 많이 좋아집니다. 무엇이나 알고 있다는 게 자랑이나 만족은 될 수 없다 합니다.

알고 있는 것을 활용치 않고 행동으로 옮기지 않으면 그런 것을 무용지물이라고 합니다.

괴테는 이렇게 말했습니다.
살아가는데
① 일이 있어야 한다 했습니다. 그냥 놀아 봐라 어떠하겠습니까?
② 친구가 있어야 합니다.
③ 친구가 없으면 취미가 많아야 합니다. 책 읽기, 글쓰기, 꽃 가꾸기
④ 나이 들면 친구가 없어집니다. 재미있는 사건이 없습니다.

⑤ 돈은 필수적으로 있어야 합니다.

⑥ 건강은 절대적으로 내 책임입니다.

⑦ 꿈은 언제나 있어야 합니다. 꿈을 버리지 마세요. 과거는 바꿀 수 없지만 미래는 자신의 의지로 선택해야 합니다.

⑧ 용서하세요. 용서치 못하면 원망과 원한만 남습니다. 내가 나에게도 용서해 보세요.

자식 도와주는 것을 노년에 자식 덕 보려고 하지 맙시다.

내가 죽을 때까지 쓸 수 있는 돈을 가지고 있어야 하겠습니다. 주위에 '누가 안 되게 자식이 이쁘다고 노후 대책없이 달라는 대로 주지 말고 설 수 있는 희망과 목적이 무엇인지 가르쳐 주자. 고기를 잡아 주지 말고 고기 잡는 법을 가르쳐 주라' 고 했습니다.

가난은 꿈을 이루지 못합니다. 목적이 무엇입니까? 없다면 희망이 보이지 않겠군요. 희망이 보이면 Exciting이 보이겠죠. 그거 모르죠. 성공했던 사람은 Exciting 희열을 느껴 볼 것입니다.

Bill 게이츠는 20세 때 억만장자가 됐다 합니다. Computer에 미쳐 밤이고 낮이고 게임실에서 밤도 새가며 살다시피 했답니다. 미칠 줄 알아야 합니다.

차고(창고)에서 사업이 시작된다는데요. 노는 것이 아니라 Computer 공부했다죠.

Chanel은 32세 때 억만장자.

나홍진 감독은 35세에 〈추격자〉란 영화 한 편으로 500만 관객이 들어 성공가도로 갔다지요.

Korean의 거짓말이 미국에 4배가 된답니다.

어려운 사건이 터지면 검찰 왈,

법이 없어서, 거짓말에 제일.

모든 갈등은 무분별에서 시작된다 합니다. 성격이 사주팔자요. 그게 운명이라고도 합니다. 그 성격이 후천적인 것도 있겠고 흔히들 못된 성질 때문에 나미아불타불이라 하다.고도.

쌓아 놓은 인간관계가 한순간에 무너지기도 합니다. 앞뒤 안 가리고 들이대니 사과한들 뒷끝이 께름칙하겠죠. 그게 성격입니다.

내 말에 대한 책임은 져야 합니다. 안 되는 혀끝으로 생각없이 뱉은 말이 비수보다 날카롭다는 것 상처가 깊다는 것. 과일은 설 익으면 맛이 떫습니다.

믿으려고 하는 것은 때론 실패를 동반합니다. 미심쩍으면 거절이 어려워지고 반반일 때는 거의 실패, 배신, 배반 등이 오는데 후회? 발잔등 찍고 싶다 하죠.

White lie(하얀 거짓말), 미국 모두를 위한 배려라고 합니다.

일본은 거짓말도 때로는 약이 된다 했습니다.

새빨간 거짓말은 정말 터무니 없는 거짓말을 뜻합니다.

책 보시다 좋은 내용, 필요한 문장이 있으면 책 뒷장에 한두 장의 백지로 되어 있는 Page가 있습니다. 그곳에 xx Page 적고 간단 명료하게 내용을 적어 놓으시면 그 책 내용 찾아 보기가 쉽습니다. 호랑이굴에 잡혀 가도 지혜가 있으면 살아난다지 않습니까.

지혜는 선천적으로 타고 나야 한다고들 합니다. 화술도 역시.

루이 11세는 예언자들 때문에 국민이 현혹되고 있어 예언자들을 처형시키라 하며 잡아들였다 합니다. 그중 한 예언자에게 질문하길 네 운명을 말해 봐라 했더니 그 대답이 날짜는 확실치 않으나 폐하께서 승하하시기 3일 전에 죽는다는 운명입니다. 그러니 제가 감히 먼저 죽게 된다 말씀드릴 수가 없다 했답니다.

정신병원 환자, 건망증 환자 치료비는 선불입니다. 우울증 환자는 날 웃겨 보세요. 그래야 치료비를 주겠습니다 했답니다.

절이란(인사), 산 사람에겐 한 번 하고 죽은 사람에게 두 번 한다고 합니다.

많이 거벅거벅하면 아첨이라 한다고 어떤 선비가 출세를 하고 싶어서 대원군을 찾아가 큰 절을 했었는데 못 본 척하고 '난' 만 치고 있으니 다시 큰절을 했다 합니다. 그랬더니 나는 새도 떨어뜨린다는 대원군이 불호령을 치며 어찌하여 산 사람에게 두 번 절을 하느냐? 죽기라도 하라는 것이냐 했답니다.

그 젊은 선비의 말이 첫 번째 절은 문안 절이고 두 번째 절은 본체도 안 하시니 물러가겠다는 절입니다 했답니다.

재치와 지혜겠죠. 선비는 어떻게 되었을까요?

처칠

처칠이 2차 세계대전 당시 미국의 루즈벨트 대통령에게 노움을 청하러 왔을 때의 일입니다. 숙소에서 목욕을 하고 나오는데 방문했던 루즈벨트 앞에서 허리에 두르고 나왔던 Towel이 흘러 내렸다 합니다.

처칠은 보시다시피 나는(영국 수상) 미국 대통령 앞에 숨길 것이라곤 아무것도 없다고 했습니다.

처칠의 태연한 위트 있는 발언에 서로 박장대소하고 미국의 도움을 받게 되었다 합니다.

영웅이 영웅을 만난 것이지요. 임시 웅변도 재치에서 나오겠죠.

좋은 방담, 웃을 수 있는 방담은 몇 개 적어 가지고 다니십시오. 유용하게 사용할 수 있게. 꾸어다 놓은 보릿자루는 사회생활에 도움이 안 됩니다. 상대방을 웃길 수 있게 준비하세요.

정주영의 젊은 시절

현대그룹 고 정주영 회장이 젊은 시절, 부산에서 정비공장을 차렸었는데 직원의 실수로 불이 나게 되어 공장이 전소해 버렸는데, 그때 직원을 어떻게 했을까요? 이 직원이 워낙 신임이 있었던 바 직원에게 "힘내게 이 공장 철거하고 새로 지으려 했었는데 철거 비용이 절감되었군." 하였답니다.

사람 거느리는 포용력이 대단했다 합니다. 그릇이 크다 하겠습니다.

GOOD IDEA

잔디밭 출입금지! 밟으면 아파요.

화장실 깨끗이 씁시다보단 한 발 더 앞으로(남자분에게 경고한 것 같습니다)

당신이 날 깨끗하게 쓴다면 나도 본 것을 아무에게도 말하지 않겠습니다.

담배 피우실 분께선 날개 위로 다 와 주시기 바랍니다. 그리고 '바람과 함께 사라지다' 했습니다.
Southwest 항공 켈러 회장의 명언입니다. Southwest 항공은 이용하는 손님이 아주 많아 항상 만석이랍니다.

마크 트웨인이란 분이 일 년 중 도박을 하면 안 되는 달이 있다 합니다. 우선 1월과 9월, 2월과 10월, 다음은 3월 5월 6월 8월 11월 12월, 그리고 4월과 7월이라 했답니다.
결국 일 년 열두 달이 되는군요.

조심해야 하는

① 철분 결핍이 되면 빈혈이 생깁니다.
② 손톱이 얇아져서 누룽지같이 벗겨진다든가 혹은 부러지면 영양
   Balance가 맞지 않는 것입니다.

 * 손톱이 새파랗게 멍든 것 같이 변색되면 건강 적신호, 내과나 피
부과에 내방해 보시죠.

통풍

여자에게 생기지 않는 병으로 남자에게 아주 흔한 병입니다. 요산
의 혈중 농도가 높아져서 생기는 병이랍니다.

육식을 많이 해서도 생깁니다. 엄지발가락이 표현 못하게 아프다고
합니다. 남성은 근육이 많기 때문에 음주는 통풍을 자극하기 때문인
데 과음으로 통풍이 발작하기도 합니다.

충분한 물을 마셔야 하고 살찌는 것에도 원인이 된다 합니다. 심장
병, 혈관 질환 있는 사람은 특히 조심해야 한다 합니다.

손에 화상을 입었을 때

얼음물에 담그는 것은 잘못된 생각입니다. 흐르는 물을 화상 입은
손에 흘러 보내는 것이 좋답니다.

딸꾹질하면 입에 사탕 물고 계셔 보세요.

손톱

① 세로 줄 죽죽 가 있으면 동맥경화, 위장, 위궤양을 의심하세요.

② 손톱이 멍든 것 같으면 심장병을 의심하세요.

③ 손톱이 가로 줄이 생기면 갑상선 기능 저하를 의심하세요.

④ 손톱이 배가 툭 튀어 위로 올라왔으면 폐기종, 폐경변을 의심하시고 매일 내 컨디션 체크해서 적어 보세요.

꿈에 두꺼비가 많이 나타나면 지진이 일어난다 했습니다. 쓰촨성 (중국) 대지진 때 많은 두꺼비가 나타났다 없어졌다 합니다.

지렁이, 꿈에 많은 지렁이가 보이든가 몸에 달라붙으면 사기당하고, 곰팡이 냄새나면 홍수가 날 수 있답니다. 솔바람이 불면 비가 온다 예측했습니다.

글쎄요 이런 낙서하는 사람도 있다고,
남자들의 무의식적 낙서

National Enguirer Magazine에서 필적 전문가의 Love Script의 내용들입니다.

① 긴 머리카락 그림을 그렸을 때 감정 자제의 뜻이 됩니다.
  상대를 매혹적인 인상이라고 생각하는 것.

② 나무를 그리면 다정다감하고 따뜻한 마음씨라는데요.

③ 하트를 그리면 어린애 같은 순진한 감정의 소유자라고.

④ 자동차를 그리면 성에 집착하고 있음을 또한 자기가 남성적인 매력의 소유자라고 자처하는 성격, 또한 자기중심적인 성격.

⑤ 꽃을 그리면 사랑에 대한 낭만적인 태도로 매력을 보이는 타입. 보통 때도 Romantic한 감정적이고, 성실한 태도로 신뢰감을 보여 줌.

⑥ 속눈썹 그림을 그린다는 것은 조심해야 할 남자친구. 바람기가 있고, SEX에 결벽증까지, 이중적인 성격이고 약간은 여성적이며, 허영심과 자만심도 있다고 합니다.

⑦ 입술을 그린다는 것은 다소 호색적인 기질, 입술을 두껍게 그린다면 성에 대해서 열망이 크겠다고 침실에선 신중함. 만약 벌린 입술을 그린다면 농염하고 SEX를 바치고 즐김.

⑧ 삼각형을 그린다면 상대방에게 성적 욕구를 느낀답니다.

손금

손금을 봐준다 했을 때

① 손바닥을 펴 보이면 활달한 성격이랍니다. 사회적으로 명성이 높을 것이고 바빠도 가정에 충실한 성격이랍니다.

② 명함을 서로 건넬 때, 엄지손가락에 힘이 주어져 있으면 정열적인 남자. 명함을 쥘 때도 힘주어 쥐고 있습니다. 엄지손톱이 굽어지도록 그냥 내주면 '밤이 무서워' 라는데요. 건강상태가 좀 나쁨.

③ 둥글거나 넓은 턱과 살집이 붙어 있으면 애처가랍니다. 인정도 재복도 있는 편.

④ 네모난 턱은 성질이 좀 있다 함.

⑤ 뾰족한 턱은 투정이 많다 함.

⑥ 닮은 꼴, 부부 금슬이 좋다 함, 그래서 의좋은 부부가 오래 살면 부부가 서로 닮아진다 합니다.

⑦ 코 큰 남자는 진취적이라 하며 재복이 있다 합니다.
   사회적으로 신임이 두텁다고, 집안에 속상한 일을 가져오지 않고 평안한 가정을 책임진다고.
   옛말에 코 잘생긴 거지는 없어도 귀 잘생긴 거지는 있다 합니다.

⑧ 귀가 눈 귀고리 밑으로 쳐져 있으면 부귀영화 즉 재복이 있다 합니다. 한 번 살펴봅시다. 눈 귀고리 밑으로 쳐져 귀가 입고리 옆

으로 쳐져 있다 합니다.

⑨ 쥐상, 웃을 때 토끼상도 또한 비슷한 계통이죠. 권력을 쥘 상이라
고 합니다. 웃을 때가 더 쥐상이 된다지요.
박정희 대통령은, 이명박 대통령도, 오바마 대통령도 쥐상이죠.
잠시도 쉬지 않고 노력한다지요.

⑩ 눈썹이 짧으면 아내를 울린다네요. 바람기가 많다지요. 술, 외도,
노름까지… 옛말에 못된 송아지 엉덩이에 뿔난다 했지요. 여성
단체의 통계라 합니다. 이혼 사유가 90%.
눈썹이 짧으면 눈까지 처진 관상, 관상학에서 짧으면 '처연'이
복잡한 사람이라 칭합니다.
돈벌이도, 출세욕도, 바람기, 사기성도 많다지요. 책임감도 없고.

관상법(인중)

Radio 동의보감 책에서 본 흥미있는 한 30년 전에 출판되었던 재미난 설명입니다.

무료하고 웃을 일이 없을 때 한 번 보세요.

남자 인중

① 인중이 길면 장수한다 합니다.

② 인중의 홈이 또렷하고 깊이 파여 있어야 좋다 합니다.

③ 인중이 짧으면 명이 짧다 합니다.

④ 삐뚤어지든가, 뚜렷하지 않든가, 색이 변하면 좋지 않다 합니다.

⑤ 인중이 긴 남성은 음경이 길고 호색하는 경향이 있다 합니다.

⑥ 인중이 얇고 짧으며, 평평하거나 약간 삐딱하면 발기부전증에, 남성의 고환 발육 부전, 정자 결핍, 불임증 등이 된다고. 인중이 옅거나 암회색이 되며 빛을 잃으면 틀림없다 합니다. 이런 것들은 본인만이 알 일입니다.

⑦ 남성 인중에 홈에만 색이 나타나면 음경통이 온다 합니다. 부위 가운데 상부에만 색이 있으면 음경 뿌리에 동통이 생기고, 하부에만 나타나면 귀두에 통증이 생기고, 인중에 구진이 있으면 생식기 염증, 전립선염도 한 번 의심해 볼만합니다.

여자 인중

① 인중이 길고, 깊으면 성감이 오묘하다 합니다.

② 인중이 매우 넓고 길면 SEX를 즐기는 여자라고.

③ 폭이 넓으면 방사를 많이해 건강이 나빠진다고.

④ 인중이 짧고 평평하면 자궁 발육 부전이라고.

⑤ 자궁이 약해 불임일 수도 있다나요.

⑥ 인중이 얕거나 혹은 인중 위가 넓고 아래로 좁아지는 역삼각형 모양은 자궁전글증, 반대면 자궁후글증이라고.

⑦ 임신 중에 인중이 짧아지든가 넓어지면서 아래가 좁아진다면 유산기가 보인다고.

⑧ 임신 중 인중이 누렇게 변색되고 메마르면 유산 징조가 보이게 된다고.

⑨ 자궁이 협소하여 월경통이 있을 때 인중이 좁고 가장자리가 뚜렷해진다고.

⑩ 자궁 하수 때는 인중이 넓어 보이고 암회색으로 색이 변합니다.

⑪ 골반 이상이나 골반 협착일 때는 인중이 오목하고 파여 보인다고.

자리에서 Stretching

자리에 들면

① 힘주어 발끝에서부디 손끝까지 전신에 힘 주고 기지개를 해 보
세요. 전신 다 힘을 줘 보세요. 많은 도움이 됩니다. 잠들기 전과
아침에 깨서.

② 시간이 있으면 그림 동작 같이 시도해 보세요.

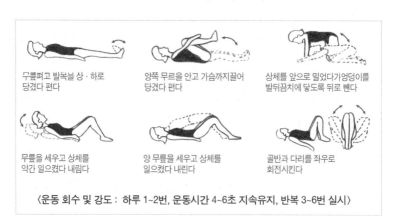

무릎펴고 발목늘 상 · 하로
당겼다 편다

양쪽 무르을 안고 가슴까지끌어
당겼다 편다

상체를 앞으로 밀었다가엉덩이를
발뒤꿈치에 닿도록 뒤로 뺀다

무릎을 세우고 상체를
약간 일으켰다 내림다

양 무릎을 세우고 상체를
일으켰다 내린다

골반과 다리를 좌우로
회전시킨다

〈운동 회수 및 강도 : 하루 1~2번, 운동시간 4~6초 지속유지, 반복 3~6번 실시〉

③ Bus 기다릴 때 Subway 등 Elevator나 잠깐이라도 기다릴 때 발뒤
꿈치를 올리는 운동을 해 보세요. 역시 전신에 힘 주는 것 해 보
면 설명하지 않아도 어디에 어떻게 해야 시원하고 운동이 되는지
Catch할 수 있어요.

Bus 안에서도 전철 타고 그 안에서도 스트레칭 시도해 보세요. 피

곤이 풀릴 것입니다. Try해 보세요. 많은 근육운동이 되겠습니다.

또 한 가지는 한 발에 힘 주고 다른 한 발은 힘 빼세요. 번갈아 가면서. 서서 기다리는 동안 팔 뒷깍지 끼시고 뒤로 쭉 뻗쳐 보세요, 몇 번…

여성분들은 엉덩이에 힘 써 보세요. 근육이 땡땡해집니다.

아령(dumbbell) Exercise

꼭 시간 내서 해야 된다고 누가 그런답니까? 2Pound 정도 아령을 손 닿는 가까이 놓아 두시고 TV 보면서 운동할 수 있습니다. 똑바로 앉아서 양 무릎을 위로 올리세요, TV 보면서.

차로 Shopping market에 가서도 문 앞에 주차하려 안간힘 쓰지 말고 멀리 세우고 걸으세요. 그게 건강에 도움이 되겠죠.

Diet 시작하면 집안 식구에게 양해 구하세요. 특히 남편에게 입에서 냄새가 몹시 나니까. 직장에서도 공개하세요. Diet 시작했는데 입에서 냄새난다, 그리고 도와주세요 한다면…

제4부
내 조국 Korea

광우병이 무엇입니까?

미국 생활 40년에 미국 고기가 광우병에 걸려 있어 인체에 해롭다고 하는데 40여 년 먹고 살았는데 무슨 병입니까?

과대 보도, 거짓 보도함으로 괴롭고 창피한데요. 거짓 보도에 장단 맞춰 싸움질에 PD수첩은 또 무엇입니까?

"미국 쇠고기 먹으면 죽는다 … PD수첩, 일방적 과잉정보 쏟아내"

방통심의위 '시청자 사과' 최고수위 징계

MBC 'PD수첩'에 대한 방송통신심의위원회의 결정은 '시청자에 대한 사과'라는 중징계로 결론 났다. 하지만 이 결정이 내려지기까지 위원들 간 신경전이 치열했다. 결정이 불러올 파장이 간단치 않기 때문이다.

심의가 열린 16일 방송통신심의위원회에 하루 종일 긴박감이 감돌았다. 오후 3시 회의 시작 전부터 회의장 앞은 소란스러웠다. 방송인총연합회 회원과 현업 PD 등이 피켓을 들고 나타나 심의 중단을 요구했다. 이후 논의에 들어가기 전 이번엔 심의위원 3명이 퇴정을 선언했다. 민주당에서 추천한 이윤덕·엄주웅·백미숙 위원이 "위원회가 제재의 예단을 갖고 있 [흐릿함] 것이자 받으로 나온 것

다. 정호식 MBC 시사교양국장은 "세세한 부분만 따지지 말고 국민 먹거리 안전을 위한 보도라는 큰 틀에서 봐 달라"고 주문했다. 그러자 박명진 심의위원장은 "우리 방송의 목적이 옳았느냐를 따지는 게 아니라 목적을 위한 방법과 기법이 적절했는가를 보고자 하는 것"이라며 "그런 문제가 결코 지엽말단적이라고 할 수 없다"고 선을 그었다.

본격 심의로 들어가자 심의위원들 성이 입증되지 않아 안전하다는 폭 중 우리 전자를 택한 것"이라고 맞섰다.

'PD수첩'은 4월 29일 방송분 중 일부 자막의 오류를 인정하며 이를 '실수'라고 해명했다.

그러나 심의위원 상당수는 '오역의 방향성'이 느껴진다는 문제 제기를 했다. 박정호 위원은 "아레사 빈슨의 어머니가 '딸이 MRI(자기공명상촬영) 결과 크로이츠펠트야코프병(CJD)에 걸렸다'고 말한 걸 방송이 인간광우병(vCJD)으로 잘못 쓰는 등 오역이 일어난 부분들은 일관성 있게 '인

는 효과'를 만들었다"고 비판했다.

다우어 소 동영상의 출처를 밝힌 부분과 관련해서 "'동물학대와 비위생적 환경의 고발'이란 자료명까지 적는 게 상식적이었다"고 지적했다. 이에 대해 MBC 측은 "자막을 쓰는 공간의 제한이 있으며, 다음부터는 그런 부분에까지 더 신경 쓰겠다"고 답변했다.

심의위원들은 방송에서의 균형 문제도 지적했다. 손태규 위원은 "양적인 부분은 말할 것도 없고 인터뷰 시간에 있어서도 미국산 쇠고기가 문제

"주저앉는 소, 광우병 소라 지칭해 의혹 단정케 해"
MBC "큰 틀에서 봐 달라" … 8시간 회의 끝 결론

촛불 시위대 왜 침묵하나

"PD수첩 시청자에 사과하라"

방통심의위 "광우병 보도 공정·객관성 위배" 최고수위 징계

"광우병 보도 상당 부분 왜곡
범죄 인정되면 PD수첩 기소"

광우병이 아니라 했는데도 PD수첩 위증은

PD수첩, 빈슨 다른 병 알고도
〈위 절제 후유증〉
'인간광우병 의심' 보도 의혹

검찰이 밝힌 새로운 사실

는 결론을 내렸다"고 말했다. 이 관계자는 "로빈 빈슨(아레사 빈슨의 어머니·사진)의 인터뷰 번역본을 보면 현지에서 만난 MBC의 김보슬 PD에게 자신의 딸이 고도 비만으로 위 절제 수술을 받고 현기증·구토 등의 후유증을 앓아 왔다는 상

빈슨 어머니, PD에게 비타민 처방 포함 상세히 설명
번역자 정지민씨 "위 수술 보도 안 한 의도 의심할 만"

불법시위 두둔하고 경찰 탓만 한 민주당

· 통합민주당 추미애 의원이 29일 새벽 서울 태평로에서 열린 미국산 쇠고기 수입 반대 거리시위에 참가해 도로에 앉아 있다.   신인섭 기:

광우병 문제가 쇠파이프가 나와야 하나

일부 복면 시위대 벽돌 던지며 경찰과 충돌

광우병 대책회의 "끌려가더라도 계속 나설 것" 끝장 투쟁 선언

울 세종로 네거리를 점거한 시위대들이 25일 오후 9시30분쯤 전경버스를 끌어내기 위해 밧줄을 당기고 있다.　　조문규 기자

지난달 30일 범국민대회 참가자들이 서울 대한문 앞 도로에 세워 놓은 경찰 버스를 각목으로 부수고 있다.　　김성룡 기자

국민장 끝나자마자 각목·곡괭이·돌 …

법 만드는 국회가 '위법행위 곡예'

"경찰관 때리는 시위대는 폭도"

코리아나호텔 부근서
머리 맞아 입원한 전경

28일 밤 시위 진압 과정에서 머리를 다친
남모 상경.   김형수 기자

철버스를 공격하고 있다.

[뉴시스] 경찰과 시위대의 극렬한 대치로 부상자가 속출하고 있다. 어젯밤 경찰이 도로를 점거한 집회 참가자들에게 물대포를 쏘며 진압하고 있다.   [뉴시스]

전경 "살려달라 외쳤지만 쇠파이프 날아와"

광우병 대책회의 "시위대 300~400명 다쳐" 주장

시위 여성 "경찰이 밟고 진압봉으로 폭행"

이 촛불 집회가 광우병 문제인가요?

17일 밤 촛불집회를 마치고 종로 일대를 돌며 가두행진을 벌이던 시위대가 안국역 부근에서 쇠파이프로 견찰버스를 부수고 있다.   김태성 기자

또 다시 쇠파이프 폭력 시위

지난달 28일이후 처음 - 경찰버스 부숴

미국산 쇠고기 반대 제헌절 집중집회

"동물 학대 동영상을 왜 광우병 소로 몰았나"

인터뷰 왜곡
"제작진, 아레사 빈슨 광우병 아닌 것 알았다"

광우병 감염
"0.1g 위험물질로 감염된다는 건 과장 아닌가"

기물을 때려 부수고 경찰을 쇠파이프로 때리고 몽둥이로 내려치
고… 왜 이래야 하나요?

국회 대충돌

사랑하는 아이들아 보고 배우지 말아요!
설명이 필요합니까? 이 신문기사 보시죠.

국회 대충돌   Monday, Jaunary 5, 200!

3일 4차례 충돌 '아수라장' → 4일 '대화모드' 급반전

2009년 7월 17일(금요일)

제헌절 아침, 국회가 부끄럽다

18대국회 낯뜨거운 기록 행진
원로들 "조롱거리 될 것" 탄식

'해머 폭력' 유죄

문학진 의원 벌금 200만원, 명패 부순 이정희 의원 50만원

서울남부지법 "국회 폭력 어떤 경우에도 용납 못 해"

a Daily   Friday, December 19, 2008 Section-A

해머 동원 한국국회 '국제 망신'

18일 한국 국회에서 한미자유무역협정(FTA) 비준동의안 상정 문제를 놓고 여야간 물리력까지 동원됐다. 이날 국회 본청 401호 국회 외교통상통일위원회 회의장을 한나라당이 봉쇄하자 민주당측 의원 등이 합세해 해머로 회의장 문을 부수고 있다. LA타임스는 18일 인터넷 판을 통해 사진과 함께 '코리아 스타일의 정치'라는 기사를 게재하기도 했다. <AP>

민주당, 해머로 뚫고·

3일 오전 국회 외교통상통일위 회의실에서 한나라당 의원들이 문을 걸어 잠그고 한미 자유무역협정(FTA) 비준동의안 상정을 위해 대기하고 있는 동안 한 민주당 당직자가 진입을 위해 해머로 문을 부수고 있다.   오대근기자 inliner@hk.co.kr

이런 것이 당파싸움입니까? 뒤지에 사도세자 가두게 한 정치인들의 잔인함과 비유가 되겠습니까?

멋쟁이 국회 쉬었다 다시, MR Hammer - 정열적입니다. 힘깨나 쓰네요.

누구를 위해서, 뽑아 준 국민을 위해서 정치가 이런 것입니까? 국민 여러분 잘 보세요.

당신네들에게도 책임이 있습니다. 국수 한 그릇 고무신 한 켤레 돈 봉투 때는 지났지 않습니까?

물대포 vs 소화 분말 ─한나라당과 민주당 등 야당이 18일 국회에서 충돌했다. 한나라당은 국회 외통위 회의실의 출입문을 책상 등으로 막은 채 한·미 자유무역협정(FTA) 비준
동의안을 상정했고 야당은 해머로 출입문을 부쉈다. 야당이 소화전 호스로 물을 뿌리자 한나라당은 소화기를 뿌리며 맞섰다. ▣동영상 hv joins.com   [연합뉴스]

2008년 12월 18일 국회는 전쟁터

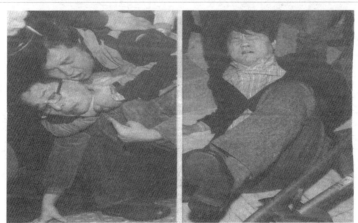

1일 국회 본회의장 앞 로텐더홀을 점거한 한나라당 의원들과 항의하러 온 민주당 의원·당직자들이 몸싸움을 벌였다. 한나라당 차명진 의
원은 민주당 당직자에게 목이 졸리고 있고⓵, 민주당 서갑원⑪내수석부대표는 몸싸움 중 밀려 넘어지고 있다.   김상선 기자, [연합뉴스]

차명진 팔 부러지고 서갑원 허리 다쳐

25일 밤 서울시청 앞에서 촛불집회를 마친 시위대가 새문안교회 주차장에서 경찰과 몸싸움을 하고 있다. [연합뉴스]

도로 점거 120여 명 연행

대낮 청와대 앞 기습시위 … 밤엔 태평로 격렬시위

원과 보좌관, 안진걸 대책회의 실무
팀장도 있었다. 이정희 의원은 연행

또 문방위 문 막은 민주당 국회 문화체육관광방송통신위원회 고흥길 위원장(왼쪽)이 13일 회의장 앞에 앉아 있는 민주당의 변재일·이종걸 전병헌 의원(왼쪽부터)에게 회의 참석을 설득하고 있다. [뉴시스]

싸우다 쉬고 … 또 싸우다 쉬고 … 하루가 다 갔다

42일 만에 75분 회의한 문방위

고흥길 위원장 "회의하자"

민주당 "원내대표 협상 후 하자"

한나라 "등원했으면 회의하자"

민주당 "이건 의회독재다"

한나라 "지금껏 놀았으면 됐다"

민주당 "일정 합의부터 하자"

점거할 땐 따로 따로
닭튀김·수박은 같이 먹고
여야의 국회 코미디

본회의장 '적과의 동침' 이틀

오전 10시	10시 10분	10시 15분	10시 21분	10시 25분	11시 38분		오후 12시 26분	12시 48분	3시 50분
입장			개의	정회	속개			정회	봉해
▶계의 예정시간	▶위원장실에 대기 중이던 한나라당 의원들 입장	▶민주당 의원들 입장 ▶김형오 위원장·나경원 한나라당 간사·전병헌 민주당 간사 간 실랑이	▶한양대 이재진 교수를 방통심의위원으로 추천	▶'고 위원장 '3당 간사 간 일정협의를 위해 잠시 정회한다"	▶"여야 의원들 "회의진행해야 한다" VS "원내대표 협상 지켜보아 한다"며 신상발언	▶김금래 한나라당 의원 "명개진과 헌국민 의 경이 되고 있다. 그 경이 싸우자"	▶'고 위원장, 민주당의 미디어 법안 상정, 의원들 신상발언 재개	▶'2차 정회	▶민주당 의원들과 보좌진, 회의장 출입구 봉해

국회부의장 본회의장 진입, 민주당이 코치했다?

국회의장 직권상정으로 미디어 법이 통과된 22일 한나라당 보좌진과 경위들이 본회의장 앞문 통로를 확보하자(사진 왼쪽) 이윤성 국회부의장이 경위들의 보호를 받으며 본회의장으로 들어가고 있다.　[뉴시스·엔비뉴스]

미디어법 통과 뒷얘기

민주당 여성 당직자

경위와 실랑이할 때

남자 보좌관들

창문으로 본청 진입

　　：

이를 본 한나라당도

여성 당직자 동원해

민주당 주의 분산시켜

부의장 들어오게 해

민주노동당 강기갑 의원이 2009년 1월 5일 박계동 당시 국회 사무총장실을 찾아가
책상 위에서 '공중부양' 하는 모습.　　　　　　　　　　　　　[경향신문 제공]

마치 원숭이가 재롱으로 날뛰는 것 아닙니까. 보기가 얼씨구네요.

야들아, 널뛰기는 요렇게 하는 거요.

높이 오르기 위해선 더 메뚜기 같이 뛰어올라야 하고 호위무사도
있어 잡아 줘야 하고 장소가 책상 위 사무실이라 벌 받는 거고.

아이들이 똥 오줌 잘 가려야 하겠다. 오월 단오에만 하는 놀이 이거
늘 정치하려면 정치 기반을 쌓고 돈 벌려면 대기업을 이끌어 줄 인재
를 등용해서 맡겨야 한다네요.

이런 뛰기는 살찌면 안 되겠네요.

강기갑 의원 혐의에 대한 법원의 판결 어떻게 달라졌나 ✎

쟁점	1심		2심
현수막 철거하는 국회 경위 폭행	"순간적 감정 억제지 못한 것에 불과하거나 항의 표현 수단"	무죄 ➡ 유죄	"경위의 멱살 잡고 흔든 행위는 적법한 직무 집행 방해"
국회 사무총장실 무단 침입	"국회의원이 사무 총장실 간 것을 방실 침입죄로 볼 수 없어"	무죄 ➡ 무죄	"취재진 앞에서 이뤄진 공개된 행동"
사무총장의 신문 읽는 행위	"직무에 필요한 내용은 비서가 만든 신문기사 스크랩 통해 알 수 있어"	공무 아니다 ➡ 공무	"직접 신문을 읽으며 여론 동향을 파악하고 있었다"
사무총장실 탁자를 부순 것에 공용물 손상 혐의 적용	"사무총장을 상대로 이뤄진 일련의 행위로 봐야 한다"	무죄 ➡ 유죄	"강 의원이 탁자 손상될 것을 알고 있었다"
국회의장에 대한 공무집행방해 여부	"국회의장 등에게 고통 줄 의도로 음향 이용했다고 보기 어렵다"	무죄 ➡ 무죄	"의장실 바깥에서 문을 발로 차는 것 등으로는 육체·정신적 고통을 줬다고 보기 어렵다"

경찰이 맞는 나라 대한민국 무엇을 잘못했기에

"도로 점거한 폭력시위 진압하다 경찰 수백 명 다치는 곳은 한국뿐"

김석기 신임 서울청장 "원칙대로 대응할 것"

B-8   2009년 3월 10일 (화요일)

"경찰이 무슨 죄, 왜 이렇게 미워하나"

김남훈 경사 아버지, 49재서 용산시위대에 눈물 호소

용산 재개발 농성자 사망사건으로 숨진 고 김남훈 경사의 49재가 9일 원불교 서울 신림교당에서 열렸다. 김석기 전 서울경찰청장(오)
이 49재가 끝난 뒤 김 경사의 아버지 김권찬씨의 손을 잡고 위로하고 있다.
김상선 기자

"상대 점거 감시하려 점거…" 코미디 국회

興野, 이틀째 본회의장 동시 점거 '신경전'
金의장 '회기1주 연장·표결처리' 제안 무위

여야 의원들이 국회 본회의장을 동시에 점거, 농성하는 초유의 사태가 이틀째 벌어진 16일 오전 민주당 송영길 최고위원이 피곤한 듯 잠을 자고 있다.
최종욱기자 juchoi@hk.co.kr

경위 폭행, 탁자 손상 무죄 → 유죄 … '기교사법' 논란 종지부
(별지 참조)

점심이나 먹고 싸웁니까. 쉬었다 싸워야죠.
한잠 자고 싸워야 건강에 해가 안 간답니다.

쌍용자동차 사건

볼트 30발 한번에 쏘는 '다연발 사제총' 까지 등장

쌍용차-점거 현장 시위 도구 위력은

▲**다연발** -쇠파이프(지름 10cm, 길이 1.2m)를 포신 역할
사제총 -부탄가스를 추진 연료로 해서 볼트 발사
　　　　 -한 번에 30발씩 발사, 최대 사거리는 150m가량

◀**새총** -쇠파이프를 용접하거나 자전거 앞바퀴 고정하는 V자형 포크 활용
　　　 -난간에 꽂아 좌우 방향 조절도 가능
　　　 -최대 사거리 150~400m · 크기 · 형태 따라 다양
　　　　　　　　　　　　　　　　　　　　　※자료=경기경찰청

21일 경기도 평택시 쌍용자동차 도장공장 옥상에서 노조원들이 대형 새총을 발사하고 있다 ⑧. 20일 경찰이 촬영한 다연발 사제총의 발사 장면. 볼트-너트 30개를 한 번에 날려보낼 수 있다.　김성룡 기자, 경기경찰청 제공

경기 평택시 쌍용자동차 공장에서 파업 중인 노조원들이 26일 공장에 진입한 사측 용역업체 직원들과 충돌, 쇠파이프 등을 휘두르며 격렬하게 싸우고 있다.
　　　　　　　　　　　　　　　　　평택=왕태석기자 kingwang@hk.co.kr

어른들도 이렇게 모방하는데 하물며 아이들은?

2010 Gold Medalist 김연아

고맙습니다"

국제 빙상경기연맹(ISU) 세계 피겨 선수권대회에서 세계 최초로 200점을 돌파하며 한인 첫 우승을 차지한 김연아(19)가 금메달을 들어보이며 환하게 웃고 있다.

자신과의 약속을 지켜 뿌듯하다 했습니다.

선천적 Talent는 자연적입니다. 감정이 풍부한 표정들, Opera를 보는 것 같습니다. 온몸이 월등, 얼굴 표정을 만들어진 게 아니라 Natural입니다. 세계가 찬사를 보냅니다.

수고했다, 김연아야.

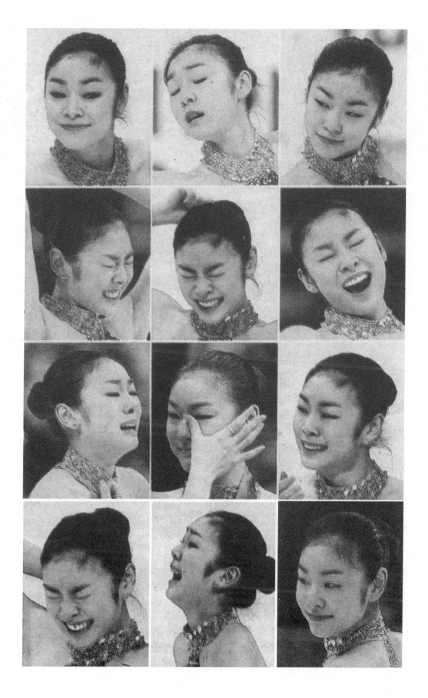

쪽)와 아사다 마오가 26일 마지막 훈련을 하고 있다. 승리를 향한 김연아의 매서운 눈빛과 당황한 듯 뒤를 돌아보는 아사다의 표정이 묘한 대조를 이룬다.

피겨 퀸' 김연아의 Only Hope는?

이런 표정의 대결은 보는 사람들의 선택입니다.

어째서 난 두려워하는 것으로 보이나.

스포츠한국
B 3

플플?

아사다의
연습 장면.
〈연합〉

심판의 음모가 있었다 했습니다.
양심이란 게 자신들의 고통이 되니까.
어떻게 이리도 사악한가.
이 표정이 연습과정의 사진인데.

가난이란 이렇게 무서운 것입니다. 36년 식민지에서 1945년에 해방
되었고 이름도 성도 빼앗긴 사람도 미처 빼앗기지 않은 사람도 살아
남아 가마니로 바람막이하고 Skate 연습했었다니…

가마니로 바람 막고…군악대가 음악

제 3회 피겨스케이팅 전국 남녀 종별선수권대회에 참가한 남녀 선수가 페어 연기를 펼치고 있어 1950년대에도 페어 경기가 있었음을 알 수 있다. 당시
피겨스케이팅 대회장은 가마니로 벽을 만들어 바람을 막고, 지붕에는 천막을 설치해 햇볕을 가렸다.

한강서 열린 57년 '피겨 대회'

1957년 1월 얼어붙은 한강 물 위에서는 제3회 피겨스케이팅 전국 남녀 종별선수권 대회가 열렸다. 해군군악대 소속으로 당시 선수들이 펼칠 연기의 음악을 담당했던 김진해(73)씨는 개인 카메라를 통해 촬영한 대회장의 이모저모를 처음으로 공개했다. 사진 속에 담긴 당시의 모습들을 통해 한국 피겨스케이팅 역사를 되새겨 본다.

당시의 포스터에서 '피겨'를 '퓌규어'(피겨)로 표기한 것과 남성모델 사진을 이용한 것이 눈길을 끈다.

감사합니다

'밴쿠버대회 최고의 명장면'
올림픽 정신이 살아 있음을 보여준 감동의 순간. 지난달 23일 스피드 스케이팅
남자 1만m 결승 시상식에서 2, 3위 선수들이 '키 작은 1위' 이승훈(가운데)을
어깨 위로 번쩍 들어 올리며 진정한 승자임을 축하해 주고 있다. 특히 동메달을
딴 오른쪽의 밥 드 용은 같은 네덜란드 선수인 스벤 크라머가 1위로 골인하고도
인코스 레인을 두 번 타는 바람에 실격패했음에도 이런 모습을 연출해, 팬들의
가슴을 뭉클하게 했다.

    은메달, 동메달 리스트들이 올림픽 사상 처음이 아닐까 싶습니다.
키 작다고 들어올려 주고 있으니… 다시 감사합니다.

Oh! ONO

8년 전 '오노 악몽' 그때 그 심판 또…

"도대체 뭐가 반칙이냐" 네티즌 부글

한국 여자 쇼트트랙 3000m 계주팀에 실격 판정을 내린 심판이 공교롭게도 8년전 그 유명했던 아폴로 안톤 오노의 '할리우드 액션'에 한국의 금메달을 빼앗아 갔던 장본인이라 관심이 쏠리고 있다.

이 판정을 내린 주심은 호주 출신 제임스 휴이시로, 지난 2002년 솔트레이크시티 동계올림픽 남자 1500m 결승에서 김동성에 실격을 안긴 바로 그 심판이다.

당시 휴이시 주심은 김동성이 압도적인 실력차로 결승선을 통과했지만 레이스 도중 마치 진로에 방해를 받았다는 듯이 '할리우드 액션'을 취한 미국의 아폴로 안톤 오노에게 속아 김동성을 실격시키고 오노에게 금메달을 선물했다. 이 사건은 쇼트트랙이 비디오 판독제를 도입하고 오노가 미국의 빙상 스타로 자리매김하는 결정적 계기가 됐다.

휴이시 주심과 한국의 악연은 또있다. 그는 2006년 국제빙상경기연맹 (ISU) 세계쇼트트랙선수권대회 남자 500m 결승에서도 은메달을 딴 안현수가 마지막 코너를 돌던 중 트랙 안쪽으로 들어가는 '오프트랙' 반칙을 했다고 판정, 실격 처리했다.

휴이시 심판의 이번 판정이 잘못됐다고는 비디오로도 판단하기 어렵지만 어쨌든 그를 포함한 심판진은 한국팀에 실격을 줬다. 한국 선수들에 번번이 불합리한 판정'을 내린 그가 주심이었기에 한국의 동계올림픽 여자 쇼트트랙 5연패라는 금자탑을 물거품으로 만든 이번 실격 판정도 적잖은 논란이 될 전망이다.

한편 애매한 판정에 다잡은 금메달을 놓친 뒤 망연자실해 하며 눈물을 흘리는 선수들의 모습에 한국 네티즌들은 "아무리 봐도 왜 실격인지 이해가 안간다" "할리우드 액션의 악몽이 되살아났다" "심판은 눈을 폼으로 달고 있냐" 등의 반응을 보이며 억울함과 분노를 감추지 못하는 모습이다.

염승은 기자

차라리 걸리지나 말 것을 무엇했나.

심판도… 국위도… 망신입니다. Olympic은.

No1) 실격

한국 선수 밀어제치고 Gold Medal 땄을 때 Complain했습니다.

심판은 무엇을 했나, 미국은 정당치 못했습니다.

딱 걸렸어! …오노 '오~NO'

500m 결승서 캐나다 선수 밀어 실격

미국 쇼트트랙의 간판 아폴로 안톤 오노(27·사진)가 드디어 꼬리를 잡혔다. 지난달 26일 밴쿠버올림픽 남자 쇼트트랙 500m 결승에서다. 오노는 2위로 골인했지만 실격 판정을 받았다. 4위로 마지막 코너를 돌 때 바로 앞에서 달리던 프랑수아 트럼블리(캐나다)를 오른팔로 쳤다가 주심에게 들켰다. TV의 느린 화면으로도 오노가 상대 선수를 밀어내는 장면이 또렷이 나온다.

그럼에도 오노는 "내가 왜 실격을 당했는지 이해할 수 없다"며 불만 가득한 표정이었다. 오노는 또 "스케이팅 도중에 선수들 사이에는 공간이 없다. 속도도 빠르다. 나 역시 매우 빠른 속도로 코너를 도는 도중 자연스레 생긴 일이다. 심판은 내가 하지 않은 것을 본 것 같다"고 비아냥댔다.

오노는 그간 올림픽 등 주요 대회마다 한국 선수들의 발목을 잡았다. 2002년 솔트레이크 올림픽 남자 1500m 결승에서 '할리우드 액션'으로 김동성의 실격을 이끌어내고 금메달을 가져갔다. 1000m에서 중국의 리자준과 몸싸움을 벌이다 안현수를 걸고 넘어진 것도 오노였다. 2006년 토리노 올림픽 500m 결승에서는 부정 출발을 했는데도 심판이 문제 삼지 않는 바람에 실격당하지 않고 금메달을 땄다.

이번 밴쿠버 올림픽 1500m 결승에서도 성시백과 이호석이 충돌하는 바람에 어부지리로 은메달을 차지한 뒤 "또 다른 실격이 나오기를 바랐다"고 말해 한국 팬들의 공분을 샀다.

No2) 실격

밴쿠버에서 쇼트트랙 500m 결승에서 2위로 골인했지만 실격 판정을 받았습니다. 일부러 민 게 아니라 자연스레 밀었답니다. 말이나 되나요?

Canada 선수한테 한 짓은 찾았는데 Korea 선수에게 한 짓은 무조건 아니다?

ONO는 부모 중 한 편이 일본인이라 했는데 한국과 무슨 관계?

이렇게 엄연히 보이는데도 정정하지 않았다는 것은 8년 전 ONO 악몽, 그때 그 심판이 또…

13일 열린 동계올림픽 남자 1500m 쇼트트랙 스피드 스케이팅 결승에서 오노(오른쪽)가 이정수의 팔을 밀고 있다.

목 긋는 시늉 오노 "실격 많이 나오길 바랐다"

목을 긋는 행동은 죽음과 연관됩니다.

법적으로는 형사소송에 해당되는 것이라 보지 않습니까. 죽인다는 말은 형사소송이 되는데 Gang들의 잔인한 행동이 아닙니까.

기자회견에서 ONO 왈,

한국 선수들이 더 많이 실격되었으면 좋겠다.

이 학생(ONO) 어디 아프지 않나 싶습니다.

이런 실언을 하고 있다는 게 아무리 언론에 자유가 있다 해도 좀 치사하네요. 실력으로 금, 은, 동이 판가름 나는데 등이나 밀치고 옆을 밀어제끼면…

ONO, 너도 당해 봐라. 너만 빼고 다 신사다.

좀 더 겸손했으면 좋겠습니다. 운동선수답게.

이렇게 손바닥으로 빙판에 손을 짚으면 실격이랍니다.
출전할 때 배웠어야 했는데…

장하다 Gold Medalist

13일 밴쿠버 퍼시픽 콜리시움에서 열린 2010 밴쿠버 동계올림픽 남자 쇼트트랙 1500미터 결승에서 이정수가 1등으로 결승선을 통과한 후 환호하고 있다. 〈AP〉

Korea 국위가 쑥 올라갔습니다.

이명박 대통령이 한국 선수들의 Gold Medal에 기뻐서 모태범 선수 흉내내는데 비슷합니까.

얼마나 기쁘고 자랑스럽습니까?

어때, 모태범 같나요? 이명박 대통령이 3일 밴쿠버 겨울올림픽 한국 선수단을 청와대로 초청해 오찬을 함께했다. 이 대통령이 오찬장에서 스피드 스케이팅 500m 금메 달리스트 모태범 선수로부터 선물받은 고글을 쓰고 스케이팅 포즈를 취하 자 부인 김윤옥 여사와 김연아·이상화 선수가 웃음을 터뜨리고 있다. 〈관계기사 2, 19면〉 조문규 기자